算数で読み解く異世界魔法

Decipher by Arithmetic the Magic of Another World

扇屋 悠
Author ◆ Yu Ogiya
イラスト◆えいひ
Illustrator ◆ Eihi

TOブックス

もくじ

Decipher by Arithmetic the Magic of Another World

Illustration えいひ
Design BEE-PEE

プロローグ：人間は誰でも数字を持っている、と僕は思う。

足音を殺して、自分の部屋を出た。

きぃ……、とかすかな音が明かりの落ちた廊下《ろうか》に響《ひび》く。部屋は二階にあった。階下のリビングから家族が談笑《だんしょう》する声が聞こえてくる。僕はパーカーのファスナーを喉元《のどもと》まで上げると、足早《あしばや》に階段に向かった。ぎぃぎぃと階段が軋《きし》んで、一瞬《いっしゅん》だけ談笑の声が途切れた。すぐに再開される。

そして僕は光に包まれた。

階段を下り切った僕の目の前に広がるのは、現実の光量よりもはるかに眩《まぶ》しい光景。母さんと妹が互いの自慢話をして笑い合っている。それを、父さんが穏《おだ》やかな表情で見つめている。明るい食卓を彩《いろど》る鮮やかな料理。理想的な家族という一幕。

ただ一つ異常があるとするなら、それはもう一人の家族である僕の存在が無視されていることだ。

父さんが、母さんが、妹が、階段を下りた僕に声をかけることはない。視線を向けることもない。認識しながらも、僕の存在は黙殺《もくさつ》されている。透明人間《とうめいにんげん》か幽霊《ゆうれい》にでもなった気分だ。

僕は影のようにリビングを横切り、玄関へ。靴紐《くつひも》を結《むす》んで立ち上がる。

そのとき、靴箱《くつばこ》の上のカレンダーを見て、あの日から一年も経《た》ったことに気付いた。

僕の胸を埋《う》め尽くすものは何もない。ただ、がらんどうの空洞《くうどう》がそこに開いているだけだ。

「……こんな家、早く出てやる」

呟《つぶや》きは、家族の笑い声に塗《ぬ》りつぶされた。


「高橋《たかはし》くん、今日もご苦労様」

レジを打っていると、店長がダンボール箱を抱えて出てきた。

「来てもらって早速なんだけど、お届けに行ってくるよ。すぐ戻る。タービン、回しておくから。変な音がしたら止めてね」

「早く修理に出してくださいよ、店長。あの音かなり怖いんですから」

「今年は厳しいかなぁ。ごめんね。店番よろしく。……ああ、こんばんは。いらっしゃいませ」

客と行き違った店長は、マフラーを首に巻いて自動ドアをくぐって出ていった。

そして僕は店番をこなす機械になった。センサーのように「いらっしゃいませ」と言い、黙々《もくもく》とバーコードスキャナを動かし続ける。僕の時給は九百円。僕は二十二歳の青春の一時間を紙幣《しへい》にもならない値段で売り払う。今、ここにいる僕の価値はそういう数字で決まる。皮肉なことに、それは僕の個人的な信条ともぴたりと一致していた。

人間は誰でも数字を持っている。——僕は、そう思う。

つまり、その人の能力の数値化だ。ロールプレイングゲームのステータスやスキルポイントに僕の考え方は似ている。僕は『魅力』『身体』『知力』『固有』という四つの項目の中にそれぞれ三個ずつのパラメータを決めて、他の人を評価するようにしていた。

「こんばんわ～」

例《たと》えば、今、僕の目の前にゼリー飲料を差し出した常連のお姉さん。お姉さんの『魅力《みりょく》』は十点中八点。かなりの高評価だ。『魅力』の中に含まれる『容姿』『印象』『会話』の三つのパラメータが高い次元でまとまっているため、この評価になる。

「……いつものを頼むよ」

比べて、毎回決まった銘柄《めいがら》のタバコを買っていくこの中年男性の『魅力』はひどい。無精髭《ぶしょうひげ》が伸び放題だし、ボロボロのサンダルを履《は》いているし、服もあまり洗濯《せんたく》をしていないようだ。『容姿』はかろうじて一点。『印象』も一点くらいで、『会話』の力は四点くらいだろうか。平均して『魅力』は二点だ。多くの人が興味を抱かないか、あるいはうっすらと嫌悪《けんお》するような『魅力』値になる。

だが、他のパラメータを見渡したとき、この人の評価は大きく変わる。

少し前、偶然この中年男性のスマートフォンの画面を見たときに気付いてしまった。この浮浪者《ふろうしゃ》のような中年男性は、凄《すさ》まじい額を指先で動かすデイトレーダーだったのだ。僕が一瞬見たあの数字が本当なのだとしたら、『固有』の大項目に含まれる『資産』の評価には十点中で九点をあげてもいい。となると、そのお金を稼《かせ》ぎだすために必要な『器用』『知性』『知識』なんかの数値も、表には出ないだけでかなり高いはずだと推測できる。

『魅力』や『資産』『職業』はとても分かりやすい数字である一方、『知性』『知識』なんかは評価しにくい。この分かりやすさの違いが好みを決める。『魅力』が高い方がいいと考える人、『知力』

が高い方がいいと考える人、いろいろだ。

僕は人と関わるとき、できるだけ多くの項目を評価したいと思う。誰もが数字の集合体と考えれば、どんな人を相手にしても動揺《どうよう》することはない。接客業には大いに役立つ。任侠《にんきょう》映画に出てきそうな顔の人も、ヒステリックな人も、そういう数字を持ってるってだけだ。

「………高橋？」

客がはけて一息ついていた僕は、客の声に少し慌《あわ》てて顔を上げた。僕が慌てたのは、声の主がネームプレートを読み上げたのではなくて、僕の顔を見て名前を呼んだような気がしたからだ。

「やっぱりそうだ。高橋だよな」

その男の顔を認識した瞬間——僕は電源を切られた機械のように動きを止めた。

口の中が一瞬で砂漠《さばく》になる。全身の毛穴という毛穴から汗が噴《ふ》き出して、心臓が狂ったみたいに走り出す。エラーに対処することもできず、僕は男を見る。色素をぜんぶ抜き切ったような金髪も、ぶかぶかのジーンズも、仮面のような無表情も、あの頃と変わらないままで——

「分かるだろう？　俺だよ、鈴木《すずき》だ」

「……人違いです」と僕は顔を背《そむ》けた。

「いや、一年しか経ってないんだから、さすがに間違えない。……それにしても、高橋」

鈴木がかすかに首をかしげる。「お前、こんなところで何をしているんだ？」

一年前まで、僕は自分の数字の一つを誇《ほこ》りにしていた。

それは『知性』の能力値だ。

つまり、論理的な思考力や判断力、知識を処理し応用する力。この能力に、僕は絶対の自信を持っていた。それには理由がある。幼い頃から、数学者の父さんと数学の世界に魅かれ、思考する能力を鍛《きた》え続けてきたからだ。

アルバイトをかけ持ちして生活を組み立てるようになる前、僕は数学科の大学院に居た。

日本で有数とまで言われたそのゼミに他大学から編入《へんにゅう》してきた同期生——それが、鈴木だった。

「鈴木君ねえ。卒業論文のできがよかったから引き取ったんだけど……今日も来ないか」

それまでの人生で、僕は『知性』の項目に十点満点をつけた人物が二人いた。父さんと教授だ。

教授は自分の才能を鼻にかけない穏やかな数学者だった。そんな教授が眉をひそめている。

「まあ、たしかに鈴木君は面白いんだけどね。協調性がないのはこれからの研究者にとって致命的だよ。困った困った。……とりあえず、高橋君には教室の人間を手伝っていく中で、将来のテーマを決めていってもらおうと思う。まずは私の研究から。じゃあ、これ、一週間でできる?」

それが僕の教室での最初の仕事だった。多様体に関する研究論文のうち理論を構築《こうちく》する計算部分で、膨大《ぼうだい》な数の変換が要求される。学部を出てきたばかりの学生には一週間でも厳しいだろう。もちろん僕は単なる学生ではなかった。父さんに教わったこと、僕が積み重ねてきたもの、すべてを注ぎ込んで効率的にアプローチした。徹夜《てつや》をして、僕はそれをたった一晩で完成させた。

徹夜明けのどこかハイなテンションのまま、僕は教授室に入ろうとした。

「あ。すみません、講座の人ですか?」

背中にかけられた声に振り返る。色素を全部抜き切ったような金髪の男が、ぼんやりとした無表情で突っ立っていた。『魅力』は三点だな、と僕は断じる。——それが鈴木との出会いだった。

鈴木は教授に呼び出されたはいいものの、部屋が分からず右往左往していたらしい。僕はそんな鈴木を引き連れ、右手に成果を凝縮したノートを抱えて、教授の部屋をノックした。

「鈴木君」と教授が固い声で言った。「ここは院だ。いつまでも学生気分でいてもらっては困るよ」

「すみません」と鈴木は感情をうかがわせない口調で返事をした。

「ちょうどいい。君たちには、同じ部分をやってもらう。一週間だ」

教授は論文のコピーを取り出し、鈴木の鼻面に突きつけた。受け取った鈴木がため息をついている。僕は内心に笑《え》んだ。悪いけど、僕はもうすでに終わっているのだ。

「……一週間というのはさすがに冗談ですよね?」と鈴木は無表情のまま言う。鈴木のそれは目上に対する言葉遣いではなかった。教授は目を細めて、無言で鈴木を見ている。

「……ああ。なるほど。誤解されているんだな。教授、訂正をさせてください」

鈴木は肩をすくめて、悪《わる》びれる様子もなく言った。

「——もう終わっています。頭の中で、ですけど」

瞬間、部屋が凍りついた。

「うん。黒板もあるし、チョークを借ります」

鈴木は十分ほどかけて黒板に数式を書いた。七分くらいまで、僕は半笑いで見ていた。不可能なはずだ。到底人間一人の脳で処理できる計算の量ではないし、鈴木の手順は見当違いの方向に進んでいるように見えた。

「これが結論になりますね」

なのに、鈴木がものの十分でたどり着いた最終行は、僕の結論と同じだった。教授が満足げに頷く。呆然《ぼうぜん》とする僕のノートを覗き見た鈴木が、さっきまでの僕と同じ半笑いで言った。

「正しいは正しいが、なんというか……、間抜けな解き方だな、これは」

そういう出来事が一ヵ月の何度もあって、理解させられた。

僕には数学の才能がない、という事実を。

僕は、努力し続けることで十点満点の能力値を手に入れることができると思っていた。それは間違いだった。皮肉にも他人を評価し続けてきた観察眼が教えてくれた。鈴木の『知性』は測定不能だ。父さんと教授の『知性』にも十点満点をつけていたけれど、それも同じで、単に測定不能だっただけだ。僕を一として、彼らはいったいどれほど優《すぐ》れた『知性』をもっているのだろう……？　分からなかった。ただどこまでも広い溝がそこにあることしか。

そして――僕は大好きだった数学の世界に背を向けた。

その日、僕の足取りは重かった。自分の口で伝えなければならなかった。僕に期待をかけてくれていた、父さんに。いつもよりも何倍も重い扉《とびら》を開け、家に入る。父さんの書斎《しょさい》のドアは開いて、明かりが漏《も》れていた。ノックをした。――次の瞬間だった。

「やめたのか？」と僕が声をかけるより早く父さんが言った。

父さんはいつものように机に向かって、ノートに鉛筆を走らせ続けている。

「大学院をやめてきたのだろう？　教授から連絡があった」

「……父さん、僕は——」

「罪悪感を抱く必要はない。こうなるのは分かり切っていたことだ」

今度こそ、僕の世界が凍《こお》りついた。

「お前の数学は最初から最後まで九点止まりだった。……見てみなさい」

父さんは顔を上げることなく、入り口のそばのコルクボードを指差した。

「それが十点満点の美しい数学だ」

——鈴木。

英語の論文だった。僕が今日まで居たあの教室の署名が押されている。筆頭著者はE.Suzuki。

「……はは……」と、乾いた笑い声が喉を揺らした。

期待なんてされてなかったのだ。

いや、父さんが期待なんてするはずなかった。

どうして気付かなかったのだろう。

人間は誰でも数字を持っていると僕に教えてくれたのは、父さんだ。僕が父さんの『知性』に点数をつけていたように、父さんも僕に点数をつけていた。それだけじゃなくて、最初から最後まで、冷徹に、冷酷に、見抜いていたんだ。僕に数学の才能がないことを。

父さんは手を止めることなく、はっきりと言った。

「出ていきなさい。こうなってしまったお前と話すのは――時間の無駄《むだ》だ」

「返事くらいはしたらどうだ？」

鈴木の無表情は一年前と変わらない。石ころを見るような表情だった。

「……ッ」唇《くちびる》を噛《か》む。

人間は誰でも数字を持っている。

そう信じていた僕自身が一番よく分かっているのだ。

人生の全てを数学に捧げてきた今の僕には、石ころのように何の価値もない。

『魅力』は普通以下、『資産』だってこれっぽっちもない。『知力』は数学に偏《かたよ》りすぎている。家を出るための資金をバイトで稼ぐ今の僕を総合的に評価するなら、十点満点で三点がいいところだ。父さんは自分にとって価値のある人間とだけ付き合う。だから僕を切り捨てて、黙殺する。父さんはいつも合理的だ。破綻のない証明と一緒だ。だれでも納得できる。……僕は――

「高橋、さっきから気になっていたのだが、これは何の音だ？」

鈴木の言葉も、ごうん、ごうん、と店内に響き始めた異音も、僕の意識の表層を通り過ぎていく。

――父さんと同じ知性の水平線にいつか立ってみたかった。でも、今の僕は一時間あたり九百円でレジを打つ機械だ。一方で、数学に真面目《まじめ》じゃない鈴木があっさりと十点満点を獲得《かくとく》する。

その違いは、『知性』の能力値の欄に神様が気まぐれで書きこんだ数字の大小でしかない――

「高橋ッ‼」

肩を掴まれる強い力で僕は我に返る。僕はレジに指をかけた姿勢で硬直していた。

腹の底に響くような異音と振動がコンビニを揺らしている。

「………え？　なに、この音」

瞬間、手のひらの中でスキャナが発する赤い光が消えた。同時に、店内の蛍光灯が一斉に光を失う。鈴木が慌てて自動ドアに駆《か》け寄ったけれど、ドアは反応しない。

オレンジ色の光がバックヤードの方で見えた。

熱風のようなものがたしかに僕のエプロンを揺らした。

あ、タービンだ、と気付いたそのとき——目の前でリノリウムの床が強烈《きょうれつ》な閃光《せんこう》を放った。

「は？」と言った鈴木があっという間に膨れ上がった光に飲み込まれて消えた。僕も同じ光に包まれる。全身を引き裂《さ》かれる痛みは、しかし、一瞬で途切《とぎ》れた。

床の破片《はへん》にミキサーされ、爆炎《ばくえん》に焼き尽くされた僕の肉体は、あっけなくこの世から消滅した。


『——————……高橋さん』

僕は暗闇《くらやみ》の中で目を開けた。開けたつもりだった。けれど、僕の意思に従うはずのまぶたの存在も、光の気配も、感じることができなかった。意識だけが底抜けに広がる暗闇の中を泳いでいる。

『大丈夫そうですね。高橋さん、先ほどなにがあったか覚えていますか』

「……僕は……」

コンビニが、爆発した。

原因は、……たぶん、タービンだ。あのオンボロタービンが爆発したに違いない。そして——僕は死んだと思う。その確信があった。爆炎の熱さも絶望的な痛みも僕は覚えていた。あれほどのダメージを受けて、人間の肉体が機能を維持できるはずがない。

『その通りです。高橋さんの肉体は死亡しました』

じゃあここはなんだ？　僕はだれ？

『ここは一時的な場所です。高橋さんはこれから異世界に転生します』

「……は？」

異世界、転生……？　生まれ変わるってこと……？

だが、声はさらに、頭が痛くなりそうなセリフを続けた。

『——高橋さんには、真の大魔法使いとなり、『魔法の国』を救っていただきたいのです』

『戸惑いも了解可能です。ですので、どうか冷静に。……消滅するはずだった高橋さんをこうしてお呼びした理由は二つあります。一つ目は、高橋さんには数に関する才能があることです』

「………は？」

「ふざけるな！　僕に数学の才能は——」

『あります。これから転生していただく世界の標準と比べれば圧倒的な才能です』

むずり、と心が揺れる音が聞こえた気がした。

『その世界の魔法は発動に際して厳密な算術の運用が必要になります。また、ぼくが差し上げる祝福の力を使いこなすにも算術の力は欠かせません。その点、高橋さんは文句なしの適任です。そして、もう一点。――隣国の『鉄器の国』は転生人を用意し、この世界の覇権を握《にぎ》ろうとしています。『鉄器の国』が戦場における切り札として転生させる魂は、鈴木さんのものです』

目があったら、僕は見開いていたはずだ。「……鈴木、だって？」

『はい。『ミシア神』はおそらく、彼の冷徹な思考能力に魅力を感じたのでしょう。ずいぶん前から目をつけていたのかもしれません。そして、高橋さんはそんな鈴木さんを知っています。あなたは数字を操《あやつ》る適性があり、かつ、敵の精神的な弱点を攻撃できる可能性のある唯一の人物なのです』

僕は自称精霊の言葉をほとんど聞いていなかった。心は冴《さ》えわたった刀のように凪《な》いでいる。

「その世界では――数学の実力が、魔法の強さを決めるってことなの？」

自分で言っても馬鹿らしいそのセリフに、自称精霊は大真面目の返答をよこした。

『正確には、四則演算のスピードが単位時間あたりの火力を決定します。そこにぼくたちの祝福を上乗せしますので、高橋さんは、文句なしで、最強の魔法使いの素質を手に入れるでしょう』

その言葉は鋭いフックのように僕の心に引っかかった。素質。人間なら誰もが持っている数字。精霊は圧倒的な数字を一つ僕に与えてくれるのだと言う。才能という名前の数字を。

ああ、僕は――……それがほしい。

『ご承諾、ありがとうございます。早速、作業を開始しますね』

大判の本を閉じ合わせたときのような、ばぢん、という音がした。

『これから言うことをよく聞いてください。……高橋さんには『魔法の国』の王都に住まう高名な大魔法使いの弟子の青年に転生してもらいます。憑依《ひょうい》、というのがより近い表現でしょうか。もとの肉体の記憶も保持されているので、少なくないショックがあるかと思いますが、ご容赦ください。そして、その時点から、我々の力の一端を肉体に付与します』

「鈴木も、こんなふうに神から力をもらってるの？」

『はい。詳細は不明ですが、とにかくすさまじい出力の異能使いです。くれぐれもご注意を』

すさまじい出力の異能使い。僕はとりあえずそのフレーズを脳内に刻み付けた。あいつはその力をすぐにでも使いこなし、自国のために活用するだろう……と真面目に考えている自分に少し驚く。

同時に別の興味も湧《わ》いてきた。僕に与えられる力はどういう性質なのだろうか。

『対訳。それが、お渡しする力の名前です。魔法使いにおける最強の反則です。これから説明を――ッ⁉　勘付かれた⁉　高橋さん、意識を集中して！』

瞬間、すさまじい頭痛が僕を襲った。ぐちゅぐちゅぐちゅ……！　と、チューブから何かを絞り出しているかのような大音量が頭の中に響く。暴れまわる。気持ち悪い。

『高橋さん、ごめんなさい。転生対象の情報を設定し切ることができそうにありません。どんな境遇に生まれ変わっても忘れないで。『対訳』とは言葉を、魔法を読み解く力です。魔法とは――』

そこで、ぶつり、と声が途切れた。

僕の意識は急速にどこでもないどこかへ溶けていく――

「こっちは人間《ヒューマン》か？」

しゃがれた老人の声で僕は目覚めた。

薄目を開ける。ピントが合わない視界は全体がぼんやりと緑色で、光の粒が輝いている。空気には土の匂いが混じっていた。『森だ』という冷静な観察と、『……ほんとに来ちゃったのか』という半信半疑が同居している。

異世界転生、記念すべき一秒目は、そうして幕を開けた。

「丸い耳でしっぽはなし。人間《ヒューマン》じゃの」

重力に抗《あらが》う感覚と一瞬の浮遊感。僕は宙に持ち上げられているようだ。

「〝識─二の法　対価は二つ〟。…………な、なんじゃ⁉　この回路《パス》の太さは⁉」

「だぁ」声が出た。自分の喉からだ。「だ、ぁう」

なるほど。どうやら僕は赤ちゃんになってしまったらしい。

「赤子のうちからこれほどの太さがあれば……あるいは──」

ごつい手のひらの間で僕の身体はひっくり返される──と、白い口髭を蓄《たくわ》えた老人が居た。

「お主は、魔法使いになるか？」

ボサボサの髪の毛には白髪がまじり、くたびれた黒のとんがり帽子をかぶっている。老魔法使いっていう単語のイメージが歩いているみたいなその老人は、すぐに表情を曇らせた。

「手触りのよい布じゃ……。二人とも、貴族様の捨て子なのであろうな……」

二人……？

老魔法使いは僕の身体に巻き付いていた布に触れ、その手で僕の額を撫《な》でた。

「……お主はこの森で拾われた。ならば、お主もまたピータ村の住人じゃ。我が村は……まあ、辺境にあるし、貧しく小さい。じゃが、赤子に布だけを与えて捨て置くようなことは、せぬ」

小さな黒の瞳が優しい光をたたえてこちらを見ている。

「わしはゲルフという。隠居《いんきょ》の身じゃが、魔法の基礎《きそ》くらいは授けることができるじゃろう」

瞬間——僕は舌打ちをしそうになった。

王都の高名な魔法使いの弟子って話だったのに、ど田舎の老魔法使いに拾われてしまったらしい。しかも赤ん坊として。僕は転生を仕組んだ精霊の手際の悪さに呆《あき》れた。雑すぎる。鈴木がもし青年に転生しているのだとしたら、数年間動けないこの状況は、比べ物にならないくらい不利だ。

だが、僕の胸には大きな炎が燃えていた。

精霊の言葉を信じるなら、僕は圧倒的な魔法への適性と精霊の祝福《しゅくふく》を持ち合わせている。数字を操る力が魔法の威力を決める世界で、僕の実力は折り紙付きだ。僕には二十二年間積み上げてきた思考回路もある。持っているエネルギーを魔法という一点に注ぎ込んでやる。

「なんじゃ……。お主、笑っておるのか？」と老魔法使いが顔をほころばせる。

笑ってしまうのは当然だった。だって、僕はこんなにも嬉しいのだから。

一度は諦めた数学の実力を駆使《くし》して、僕は偉大な魔法使いになる。

そしていつか——この力で、あいつを見返してやるのだ。

第一章：「お前にとって悪い話ではないぞ」と老魔法使いは僕に言った。

小屋の中は暗かった。

視界も。そして、雰囲気《ふんいき》も。

蝋燭《ろうそく》の火がゆっくりと揺らいで、二人の大人の影が増幅される。しんしんと降り続ける雪が小屋から音というものを根こそぎ奪っていた。僕はその異様な雰囲気にあっさりと呑み込まれた。

老魔法使いゲルフが険しい表情で僕を見下ろしている。

隣には、緑色のコートを羽織《はお》った騎士の姿。

……ええと、これ、どういう状況なんだ？

『六歳の儀式』という名前だけは知らされていた。けれど、子どもたちにその内容は知らされていなかった。『六歳の儀式』を終えれば、ようやく――待ちに待った魔法の教えを授かることができる。

僕はてっきり杖か何かをもらえるのだと思っていた。だから、先に呼び出された子どものたちの姿すら見つけられず、戸惑う。

あいつらはどこに行ったんだろう……？

同い年の四人の中で一番最後に呼び出されたのが僕だった。

「ゲルフの家、タカハ」

騎士が丸まった羊皮紙《ようひし》を引き伸ばしながら言う。

「この者はお前の父であり、お前はこの家の子どもだ。間違いないな？」

……間違いは、ない。

けれどこの場には『返答次第では首を刎《は》ねる』と言わんばかりの緊張感があった。

ゲルフを見る。黒衣の老魔法使いは険《けわ》しい表情のまま、かすかに顎《あご》を引いた。

「はい。間違いは、ありません」

「――では、奴隷印《どれいいん》を刻む」

そう言って、騎士は大きな金属の道具を取り出した。騎士がなにかを呟くのに合わせて、その端が光を放った。浮かび上がった文字はこの世界の数字だった。『十五―八―六―十三―二』。

――って、ちょっと待て。奴隷印？　奴隷って言った……？

「四大公爵がお一人、ライモン＝ファレン＝ディード閣下の名のもとにお前は奴隷である。三年後、魔法を使えるかどうかに応じて、魔法奴隷と肉体奴隷の待遇を分ける。……では、右腕を差し出せ」

「……すまぬ、タカハ」とゲルフが言った。

「すまぬ？　なにが――？」

ゲルフの大きな手が呆然とする僕の左腕を掴む。手首の辺りと、肩の辺りだ。節くれだったゲルフの両手は万力《まんりき》のように僕の腕を固定していた。騎士が金属の道具を近づけてくる。

そのとき、僕はようやく気付いた。

――光を放つその部分が驚くほどの熱を持っているということに。

その意味を僕はゆっくりと理解した。

「ゲルフの家の息子、タカハ」

「……待って！　待ってください！　お願いだからッ！」

息が詰《つ》まる。冷《ひ》や汗《あせ》が吹き出す。なのに、左腕はぴくりとも動かすことはできない。

「お前はこれより、奴隷だ」

騎士が言ったのとほぼ同時。

場所は肩の近くだった。

——じゅ、と絶望的な音がした。

「ああああああああああああああああ————ッ！！！」

気絶するまでのその数秒は、永遠だった。


「……ふざけんなよ」

六歳になった僕は悪態をつきながら、村の南東にある『半湿原』の入り口へ向かっていた。

森の中でも夏の太陽は容赦《ようしゃ》なく僕をあぶってくる。額をぬぐってもぬぐっても、とめどなく汗が目に流れ込む。背負っている籠《かご》は粗雑《そざつ》な作りで、体が揺れるたびに木のささくれがチクチクと背中に刺さるし、麻《あさ》の紐が肩に食い込んでくる。

「あッ！」

茂《しげ》みに隠れていた岩に足をとられ、僕は前のめりに倒れた。とっさに突き出した両手がべったりとした土にもろに突っこんで、体の前面のティーガまで泥まみれになる。同時に、左の肩の辺りに電撃《らいげき》のような痛みが走った。

……マジで、痛い。

『六歳の儀式』から一巡月は経つのに、左腕に力を込めると、奴隷印が痛む。僕は意識から必死にその存在を追い出した。数匹のミミズが皮膚の中でのたうちまわっているようなかさぶたが、僕の左肩にはある。僕の想像力を超えた最高のプレゼントだった。

両手を近くの木の幹にこすりつけ、歩くのを再開する。

目的地はすぐそこだ。『半湿原』の低い木々から集めてきたシーハの実が大きな山を作っている。その山の前で、黒衣の老魔法使いが黙々と木の実のヘタを落としていた。

「——もう二往復じゃ、タカハ」

振り返ることなく放たれたその言葉に——僕は理性の蓋《ふた》が飛ぶ音を聞いた。

「やってられるかよ！　こんなこと！」

僕は背負っていた籠を老魔法使いの足元に投げつける。

ゲルフはゆっくりと振り返り、黒い小さな瞳で僕を見た。

その表情の中に何の感情も見つけられなくて、首筋がちりちりと焼けるような感覚がする。

「ならば今日はもうよい。戻りなさい」とゲルフは小さく言った。

「……ッ」

僕はつま先を返し、一気に走り出す。岩がちなエリアを駆け戻り、森の中を風のように走る。一度、僕は足を止めて振り返った。どこまでも深い森がそこにあるだけだった。

手のひらをきつく握りしめる。

叫ばずには、居られなかった。

「なんで……！　こんなことになってるんだよ……ッ！」

僕は六歳になった。

自らを精霊と名乗った存在によって異世界に転生させられてから、六年。

僕を待っていたのは輝かしい才能が導く英雄物語――じゃなくて、辺境《へんきょう》のしみったれた小村と奴隷の身分だった。

転生後の生活を一言で表現しよう。

最悪。

まず適応に苦労したのは、食事だった。不味《まず》い少ない安定しないの三拍子。ピータ村の食料事情は村のとり囲む森にほとんど依存していた。そこら辺に生えている野草が食卓の色どりで、不気味な形の木の実が主食、獣《けもの》の肉がお祝いのときに出てくる贅沢品《ぜいたくひん》、ということになる。ファンタジーと言われて想像する中世の世界観よりもう一段階前――古代に分類される感じだろうか。ピータ村の人々には農業という概念《がいねん》すらないのだ。

さらに、ピータ村は奴隷の村だった。この『魔法の国』は王族・貴族と彼らが直轄《ちょっかつ》する騎士団によって治められており、一般的な国民は奴隷と呼ばれ、厳しい税をかけられている。……これもつい先日知った設定なんだけどさ。

まあ、その辺の事情は実際どうでもいい。

なによりの問題は、魔法のことだった。

転生してから六年という歳月を経《へ》たけれど、僕はこの世界の魔法について、まだ、なにーつ理解できていなかった。

ピータ村には掟《おきて》がある。『魔法を教えるのは六歳から。唱えるのは九歳になってから』という魔法の教育に関する厳密な掟だ。『それでは遅すぎる』と思った僕は自分の意思で動き回れるようになった一歳の頃から、魔法に関する知識を仕入れようとありとあらゆる手を打った。

ゲルフはそれが気に入らなかったらしい。

掟を守るゲルフは執拗《しつよう》なまでに僕が魔法の知識を得ようとすることを邪魔してきた。家を出ることだけでなく、魔法の教えを受けている年上の子どもと接触する機会さえも潰《つぶ》してきた。

だから、魔法に関することで僕が知っているのは、転生のすぐ後に偶然聞くことができた大人同士の会話だけだ。
一、魔法の発動にはマナというエネルギーを使うこと。
二、呪文は精霊言語という別の言語で唱えること。
その他はなにも知らない。

僕には転生人としての思考的なアドバンテージがある。裏を返せば——この六年間、僕はそれをまるっきり無駄にしてしまったのだ。それどころか今も無駄にし続けている。

「……くそっ！」

さらに、僕の苛立ちを加速させるのが『お手伝い』の存在だった。

この村では、子どもは守られるだけの存在ではない。使えると判断されたその瞬間から大人になるための助走期間――村の仕事の『お手伝い』が始まる。男の子は狩猟団《しゅりょうだん》を手伝い、女の子は村の近くで行う採集や野草摘《つ》み、機織《はたお》りなどを教わる。

その手伝いの裁量は家長に一任されている。

つまり、僕に魔法を授けたくない老魔法使いゲルフに。

「なんで！　僕ばっかり！」

僕が日々ゲルフに命じられる手伝いの量は、他の子どもに比べてかなり多い。現在実行中の『シーハの実運び』は大人の狩猟団員でも嫌がるような重労働だ。高低差がある道を一キロほど歩かなければならないことが理由の一つ。もう一つの理由は、――虫だった。

「……ぐっ」

背中を小突かれるような感覚に、僕は舌打《したう》ちをする。集中してないとダメだ。

いつの間にか、ぶんぶん……ッ、という大量の羽音が僕を包んでいた。セファリムだ。巨大なコガネムシのようなその虫が数十匹の編隊《へんたい》を組んで僕の周囲を飛び回っている。『半湿原』までの道にはこいつらの巣があって、確実に襲われるのだ。

襲われる、と言っても全力でタックルをしかけてくるだけだから大きな危険はない。だが、この道を木の実を満載《まんさい》したカゴを抱えて通り抜けようとすると難しい。そういう意味で、『シーハの実運び』は大人たちもやりたくない仕事ランキング上位に食い込んでくる。六歳になってから、それを僕は一手に任されていた。大人たちは狩猟用の鎧《よろい》を身に着けて通りすぎることができるけれど、僕は全部避《よ》けることにしていた。そうしなければカゴを取り落としてしまうからだ。

六歳児をこれほどこきつかうなんて、正気とは思えない。

……まあ、最近は僕も慣れてきたけど。

「とにかく、全部ゲルフが悪いんだ！　全部！」

魔法のことも、無茶な仕事を押しつけられるのも、全部。

「ゲルフに拾われなければ、僕は今頃——！……ッ」

黒衣の老魔法使いを非難しようとした言葉に僕は思い出させられる。

ゲルフが拾ってくれなければ——僕はあそこで死んでいたに違いない。

精霊の手違いで赤ん坊に転生した僕が『捨てられていた』という場所に、いつか連れて行ってもらったことがある。北の果ての森。木の実も獣も少ないあの一帯はピータ村の狩猟団が敬遠する森だった。ゲルフが通りかかったのは偶然以外のなにものでもない。王都の大魔法使いのもとに転生できなかったことがひどく悔やまれる。てか精霊様ポンコツすぎ。

「……うざいな、お前ら」と言いながら、ぶんぶんと飛びかかってくるセファリムの群れをかいくぐっていく。苛立《いらだ》ちは頂点に達しつつあった。

——ピータ村の村人たちは全員が魔法使いだ。

魔法使いで、奴隷だ。

率直に、ゲルフがなぜ僕に魔法を教えてくれないのか理解できない。

『…………な、なんじゃ⁉　この回路《パス》の太さは⁉』

転生したとき、ゲルフは僕の魔法の才能を認めていたはずだ。幼い頃から物事を教え込んだ方が上手くいく、というのは、たぶんどの世界でも共通している認識だと思う。ゲルフはそんなようなことを口にした上で、僕に大量の雑用をさせているのだ。ひどく感情的な人間なのだろう。

子どもには魔法を教えない、という厳しい戒律《かいりつ》で縛《しば》っておきながら、ピータ村の魔法使いたちは日々の生活に魔法を活用してるわけでもなくて……いずれにせよ、この世界の文明レベルはひどく低かった。お金っていう概念も無い。塩を持って来る商人とは物々交換。お隣のソフィばあちゃんとも物々交換。二十一世紀を生きた僕は絶望する。

そもそも、と僕は思う。

仮に、お金という仕組みを誰かが作ろうとしてもあまり広まらなかったはずだ。

この世界の数字には、ある致命的な問題があった。信じられないことに――この世界の言葉には十七までの数字しかない。

一から十七にあたる十七個の数字を駆使してこの世界の人たちは数を表現している。十八は『十七と一』、五十三は『十七が三つと二』となる。零《ぜろ》という概念もないし、負の数も、少数も分数も無理数も虚数《きょすう》ももちろんない。

「こんなの、どこで数学使えっていうんだよ……」

ピータ村の朝は太陽よりも早い。

物音に目を開け、体を起こすと、丸太で組んだ小さな家の二階が僕の目の前に広がる。キャンプ場にあるコテージなんかとは比べるのもおこがましいほどに、粗末で小さくて不衛生な家だ。

空がゆっくりと明るみ始めている。前世で徹夜をしてこういう空を見たことは何度もあるけれど、こっちではこの時間に起床するのが平常運転だ。燭台《しょくだい》を灯《とも》しておくための油は非常に高価だから、僕たちの生活リズムは太陽と一致している。

ゲルフが火をおこしてお湯を沸《わ》かしている音が一階から聞こえてきた。今日は狩りに行くのだろう。あの老魔法使いは、狩りの朝だけはいつもしっかり食事をとる。

僕は自分の毛布をたたみながら、隣で眠りこける少女に声をかけた。

「ラフィア。起きなよ。朝だよ」

「……むにぃ～……」

少女は朝日から逃げるみたいに毛布の中に頭を隠して、丸くなった。

「ラフィアだってもう六歳になったんだから」

ためらいなく毛布を奪い取ると、少女の体温が残ったそれをたたむ。

「…………すぅ」

返ってきたのは感謝の言葉じゃなくて、静かな寝息だった。……僕はため息をつく。

ようやく顔を見せた朝日が、少女の頬に光の筋を落とした。

照らされた頬《ほほ》は産毛が輝いていて、マシュマロのように柔《やわ》らかそうだ。手入れなんてしていないはずなのにベージュ色の髪はつやつやと輝いている。閉じ合わされた睫毛《まつげ》は長い。

「……ん〜……」

眩しさから逃げようとした拍子《ひょうし》に、彼女の耳がぴょこりと左右に揺れた。ラフィアの髪の中から真上に伸びているのは、髪と同じ色の柔らかい産毛《うぶげ》に覆《おお》われた『うさみみ』だった。

い、い、い、……うん。

ラフィアの耳の形を表現するのに『うさみみ』以外の言葉を思いつかない僕が悪いのだけれど、見間違いでは決してない。ラフィアは兎人族《ラビテ》という種族の女の子。だから、ウサギによく似た形の耳を持っている。

この世界には人間とひとくくりにされる生き物のなかにも種族がある。転生した当初、とんがった耳をもつ妖精種《エルフ》と遭遇したあたりまではまだ若干の感動があった。けれど、慣れというのは恐ろしいもので、猫耳《ねこみみ》を生やした中年ダンディなおじさんや、うさみみを生やした屈強《くっきょう》な大男に遭遇したりしているうちに、どうでもよくなってしまった。

『容姿』は数字の一つにすぎない。それも、決して本質的ではない数字の筆頭だ。村人たちは基本的にみんなヨーロッパ系の髪色と顔立ちをしていて、僕の黒髪と黒目のセットは珍しがられる。村人と話すときはいちいちその話題から始まるから、かなり鬱陶《うっとう》しい。

ラフィアがもぞもぞと身体を動かした。なんとか太陽の光から逃れようとしているようだ。その口元は緩んで、少しよだれが出ていた。……相変わらず間抜けな顔だな、と僕は思った。

ラフィアは、僕が転生したのと同じ日にゲルフによって拾われた女の子だ。

僕を拾うよりも少し先にゲルフはラフィアを発見していたらしい。大人たちの会話を聞く限り、この国で捨て子というのはよくある話なんだとか。食糧《しょくりょう》の安定供給がされない以上、望まれない子どもの誕生は死活問題だ。それで、子どもを捨てる。理屈として納得できる。前世の家族が数学で挫折《ざせつ》した僕を見限ったのと似ている話だ。

「――起きなってば」

前世の家族のことを思い出した僕の口調は少し荒っぽくなった。

「やぁ……」

こちらの世界の姉さんは嫌がるように顔を背けた。……ああもう、ほんとに面倒だな。

「勝手にしなよ」

僕は責務をあっさりと放棄《ほうき》して、一階に下りる。黒いローブ姿のゲルフが鍋で木の実を煮込んでいた。やっぱり今日は狩りか。てことは、今日の『お手伝い』がハードモードになる。その想像をして、僕は朝から憂鬱《ゆううつ》になった。

こちらを振り返らず、老魔法使いは口を開く。

「ラフィアはどうした？」

「起こしたけど起きない」

「そうか。……食事の前に呼びにいくとしよう」

会話は終了。

これと全く同じものが三日に一度くらい繰り返される。三日に二日は、会話もない。

家族なんてそういうものだ。義務で付き合うだけの最も近接した他人。血のつながっていた前世の家族でさえそうだったのだから、老魔法使いと拾い子二人の僕たちはなおさらだろう。子どもがいないゲルフにとって僕やラフィアは将来の労働力なのだ。僕に至っては、現在進行形で重要な労働力としてこき使われている。

けれど――僕に逆らうことはできない。

ゲルフはこの六年間、一日も欠かさず僕たちに食べ物をくれた。服をくれた。暖かい寝床《ねどこ》を用意してくれた。僕は狩りの仕方も木の実の採り方も知らないから、従う以外の選択肢はない。

大きな鍋をテーブルに運んできたゲルフが、おもむろに言った。

「タカハ、今日は狩猟団の手伝いはせずともよい」

…………ん？

「今『手伝いをしなくていい』って言った？」

「うむ、今日はいい。というのも、狂暴なスィラシァの群れが勢力を拡大していてな。森の中の均衡《きんこう》が崩れかけておるようなのじゃ。近隣の村と合同で、今日はその長を仕留める。そのために大人たちが出払うから、お前の面倒を見れる団員が一人もおらぬ。というわけで、よい」

「はい……ッ」

内心の僕は狂喜乱舞《きょうきらんぶ》していた。イノシシによく似たスィラシァという獣に感謝した。その勇敢なるリーダーにエサをあげたい気分だ。今日も明日もぜひ人間の魔の手から生き延びてほしい。無理だろうけど。

てことは……、と考える。『お手伝い』が始まって以来、一日完全にフリーなのは久しぶりだった。よし。天気もいいし、裏山の草原で思いっ切り昼寝をしよう。そうしよう。

「代わりに。──同い年の三人に今日いっぱいかけて算術を授けよ」

「……え？」

言葉の意味を理解したくない僕を置き去りに、ゲルフは冷たい口調で続けた。

「もう各家には話をつけてある。朝食をとったらすぐに来させる、とのことじゃ。十七を一度超える足し算と簡単な掛け算まででよい。できるな？」

「もちろんできるけど、算術って──」

「お前にとって悪い話ではないぞ、タカハ。お前たち全員が基本の算術を使いこなせるようになれば、お前が待ち焦《こ》がれていた、魔法の教えを始める」

今度こそ、訊《き》き間違えたかと思った。

だが、老魔法使いの視線は真剣だった。

「魔法を、教えてくれるの……？」

「うむ、掟の通りにな。昨日、プロパがようやく六歳となった。お前たち四人にはわしが魔法を授けることになっておる。その前に算術を教えねばならぬが、それをお前に任せたい。全員に算術が身につけば、明日にでも魔法の教えを始めることもできるが……さて、どうする？」

ゆっくりと、僕の心は歓喜《かんき》に震えた。

ついにこのときがきたのだ。待ちに待ったこの瞬間が……！

魔法があれば僕は手に入れることができる。誰にも負けない、最強の実力を……！

「任せておいてよ、ゲルフ」

僕はキリッとした口調で言った。

ゲルフは対照的に苦い物を噛《か》んだような表情になったけれど、僕はゲルフの表情なんてどうでもよかった。魔法への期待が加速して、僕の神経は高ぶり続けていた。

「ああ。……頼むぞ、タカハ」


——一時間も経たないうちに僕は猛烈《もうれつ》な後悔にさいなまれていた。

興奮のあまり忘れていた事実が目の前に突きつけられる。

はっきり言って、僕は子どもが嫌いだった。

「せつめーがヘタなんだよバーカ！　バカタカハ！」

算数の問題が解けない苛立ちを僕にぶつけてくるのは、妖精種《エルフ》の少年だった。名前はプロパ。くりくりした青い瞳とつやつやした金髪を指して、村人たちからは『王子様』と呼ばれている。僕と同じ六歳……なんだけど、それ以前の問題として、同じ人間だとはとても思いたくなかった。ひいき目に見ても小猿《こざる》だ。こいつは猿なのだ。こいつは猿こいつは猿――

「プロパ、いい？　もう一回言うから、これでいい加減理解して。てか理解しろ。十二に九を足したら十七を超えるだろ？　で、何個はみ出すかを考えるんだ。この木の実の殻《から》で――」

「わけがわかりませーん！」

「オッケー、殴《なぐ》るわ。殴ればそのダメな脳みそが少しはましに動くかもしれないし」

「うっわー、タカハやっぱりバカだなー。頭叩けばバカになるんだぞ？　知らないんだ。だってさ、叩いて頭よくなるんならみんな自分の頭叩くじゃん。そんなことも想像できないんだな……」

「なんで――！　僕が――！」

たぶん、今の僕は人に見せられないような顔をしている。

僕は大人、こいつは猿。僕は大人こいつは猿僕は大人こいつは猿――

「ねえねえ……タカハー」

僕の名を呼んだのは、間延《まの》びした少女の声だった。僕はさっと営業スマイルに切り替える。

「マルム、できた？」

「できたよー」

マルムは、にへら、という擬音《ぎおん》が聞こえそうな不思議な笑い方をした。いつも眠そうな茶色の目と茶色の髪をもつマルムは猫人族《カティ》だ。つまりねこみみ少女。眠そうなねこみみ少女を想像してもらえば、おおよそマルムの見た目に収束すると思う。

ざっとマルムの羊皮紙をチェックする。――結果は、予想通り。

「はい。たいへんよくできました。満点」

「やったー！」

「マルムは今日の分終わりだね。お疲れさま」

「……あのねー、タカハー」

くいくいっと袖《そで》を引かれて、僕は顔をもう一度マルムに向けた。

マルムはエサを求めて人間にすり寄る野良猫がそうするみたいに、小さな両手を僕の左腕に絡めてきた。ティーガのすそからはみ出した長いしっぽが不安げにゆらゆら揺れている。

「もう少し難しいのー……やってみたいんだー」

「うーん」

……正直、面倒だ。

僕に得はない。だって、マルムはゲルフに言いつけられたノルマを達成しているのだから。

けれど、マルムの真剣な視線から逃げることはできそうになかった。……仕方ない、か。いずれにせよ、もうしばらく小猿の相手をしなければならないし、向上心があるのはいいことだ。マルムは引き算と掛け算をすぐできるようになったから、割り算も理解できるかな。

「分かった。問題作るからちょっと待ってて」

「タカハー、ありがとー」

「……ううう、わかんないよー」

マルムの向こう。形式上は僕の姉にあたるラフィアががっくりと崩れ落ちた。ベージュ色の髪は

ぐちゃぐちゃになって、同じ色のうさみみもくたりと垂《た》れ下がっている。

「おっ、オレがっ、教えてあげよっか……？」

プロパが言葉を詰まらせながらラフィアににじり寄ろうとしている。分かりやすい猿だ。

ラフィアは顔を上げると、プロパの羊皮紙を覗《のぞ》きこんで首をかしげた。

「あれ？　でもプロパ、わたしよりできてないよ？」

「……うぐっ……」

世界の終焉《しゅうえん》、みたいな表情をしてプロパは肩を落とした。じつに分かりやすい。

僕は打ちひしがれるプロパの横から手を伸ばした。

「ラフィア、答案、見せて」

はい、と手渡された羊皮紙に視線を落とす。

授業を始めるにあたって僕が五分とかからず作ったこの問題群は、完ぺきな難易度配分で無理なくステップアップできる構造になっている。ラフィアは掛け算で手が止まっているようだ。……それだけじゃない、その手前にある足し算の部分も、計算間違いが散見された。

「うおおおお！」とプロパが問題を解き始め、「……うるさいー」とマルムに叱られている。

「――――」

この三人の中で誰が一番算数が苦手かと訊かれれば――それはラフィアだった。

僕は三人の『算数』の項目に書かれている数字を幻視する。問題を解くスピードや間違え方を見ていれば、向いている向いてないくらいは簡単に分かるものだ。

マルムはトロそうな雰囲気に反してかなり算数のセンスがいい。十点満点で九点くらいかな。

プロパは勉強を嫌がる小猿なだけで、七点くらいの理解力は持っている。本気を出せば、すぐに四則演算くらいはこなせるようになると見た。

けれど、ラフィアは違う。

ラフィアの算数の能力値は二、三点、といったところか。これは推測だけれど、ラフィアは頭の中に物の数をイメージするのが苦手だ。実際に木の実の殻を使って計算させれば間違えはない。だが、暗算させると高い確率で失敗する。

——僕は決断した。

「よし、ラフィア。君だけ特別授業」

「え？　とくべつ⁉　やったー！」

魔法の詠唱には算術を使う、と精霊は言っていた。そして、そのスピードが威力を決める、とも。

よく分からないけれど、そういうルールなのだとしたら、計算が苦手なラフィアへの指導方法は一つだ。僕は羊皮紙に羽ペンを走らせる。

「タカハ……これ、なに？」

僕がほぼ一瞬で作成したのはこの世界における九九のようなものだった。六かける六までが一目で分かるようになっている。ちなみにこの世界は数字が十七までしかないから、三かける六が『十七と一』になり、六かける六が『十七が二つと二』になる。僕の前世の九九より明らかに難しい。

僕はそうしてできた表を、適当なリズムとメロディーをつけて読み上げてみた。

……と、これがなかなかどうして悪くないクオリティに仕上がった。

「二かける四が八、二かける五が十――♪」

六歳のうさみみ少女は間抜けな笑顔を振りまきながら、僕が教えた歌をするっと丸暗記してしまった。二回歌っただけで完ぺきに覚えてしまって、ちょっと怖いくらいだ。掛け算という概念をイメージできなくても、単純暗記のごり押し勝負ならミスのしようがないだろう。僕は自分の判断の的確さと六歳児の記憶力に満足していた。

分数の概念まであっさりと飲み込んだマルムが教える側に回ってくれたこともあって、夕方になる頃には、ラフィアとプロパもまたゲルフの言いつけた水準に到達することができたのだった。

その晩、僕は二階の窓枠に腰かけて外を見ていた。

夜風が前髪をもてあそぶのを、そのままにさせておく。

いつもであれば子どもは眠っている時間だ。

僕はピータ村の中心を見下ろしていた。こんな時間なのに、ピータ村の広場は騒がしい。かがり火が煌々《こうこう》と焚《た》かれ、大人たちの掛け声がずっと遠くの雷鳴《らいめい》のように聞こえてくる。大きな獲物をしとめた男たちが戻ってきたようだ。若い狩猟団員に指示を出すゲルフの姿もちらっと見えた。出迎える奥様方が夜食の炊き出しをしている一方で、成人した娘たちが若い男の手を引いて暗がりに消えていく。逆パターンももちろんある。古代でも人の営みは変わらないようだ。人間はこれっぽっちも進歩していない。

「タカハ……？　ねむれないの……？」

振り返る。

ティーガの襟元《えりもと》をだらしなく乱し、目元をぐしぐしとこするラフィアが、枕を抱えて立っていた。口から魂が半分はみ出したような、ぽけーっとした表情だ。危なっかしい足取りでこちらに近づいてくる。

率直な疑問が頭をよぎった。なんの用だろう。

「眠れないいんじゃないよ。考えごとをしてるんだ」

「どんな？」

「ラフィアに言ってもたぶん分からないこと。……いいから、君は寝なよ。また明日寝坊するから」

「ううん。ねむれないいんでしょう？　おねえちゃんがおはなししてあげる」

わけが分からない。

会話してもお互いの時間を無駄にするだけだと僕は言ったのだけれど。

六歳の誕生日を迎えたあたりから、ラフィアはやたらと僕と会話をしたがるようになった。人と会話をすることが楽しくて仕方ないみたいだ。今日あったできごと、今考えていること、ラフィアは全部、口にする。聞きたくない、という僕の事情はお構いなしに。

ちなみに、六歳になるまでも、なかなか大変だった。唐突《とうとつ》に大泣きしたり、目を離したすきに居なくなったり、なんでも食べようとしたり、予測不能な行動のオンパレード。家を空けがちなゲルフに代わって僕が何度ラフィアを探し回ったことか。

……やっぱり子どもは嫌いだ。

「ある日、山はふと気が付きました。――」

ラフィアはピータ村に伝わる童話の一つを語り始めた。タイトルは『山と雷の大喧嘩《おおげんか》を収めた森の話』。だが、ラフィアの記憶は曖昧《あいまい》で、結局だれがどういう意図を行動しているのかまったく分からないままに転がり、脱線《だっせん》して、停止した。

「……それで、えっと……。あれ……？」

「……つまらないよ、ラフィア」

僕は視線をピータ村の中央へ戻す。

信じられないくらい大きなスィラシァの毛皮が広場に吊《つ》るされようとしていた。

「ねえ。タカハもおはなしして？」

「だから――イヤだって言ってるんだ。分かんない？」

「……ひっ……ごめん、なさい……」

ラフィアの瞳に大粒の涙が溜まっていた。

「え……ちょ、あ……」

そのときの僕は――自分でも理解できないくらいに動揺した。ぶるぶると顔を横に振る。一瞬で一年分の目覚めを経験したような感覚だった。

大粒の涙をぽろぽろとこぼし、鼻水を垂れ流すラフィアの顔はひどい有様だった。

「……ごめん。僕が悪かった。悪かったたから。話すよ」

「……ほんと？」

なんだこの疲労感。僕は肩を落とした。そうだな、僕が知っている昔話で――


「――目を覚ましたウサギが後ろを見てもカメはいません。『カメのやつはまだ麓《ふもと》に居るのか』。自信たっぷりにウサギは笑って、旗の方向へ歩いていきます」

目の前では兎人《ラビテ》族の少女が瞳を輝かせて僕の話に聞き入っている。

僕が語り聞かせているのは童話だ。ウサギとカメ。兎人《ラビテ》族の彼女への皮肉ってわけではない。

「しかし、なんと旗のそばではカメがすでに待っているではありませんか。びっくりするウサギにカメは言いました。『ウサギさんがあんまり気持ちよさそうに寝ていたものですから……』。こうして足の速いウサギはカメに負けてしまったのでした。……おしまい」

「わたし、カメさんみたいにがんばる」

ラフィアは両手をきゅっと握りしめて、言った。

「でもさ、ラフィア。……ウサギが本気を出したら、カメに勝ち目はないんだよ」

だって、カメの持つ才能はひどく小さいのだから。

「そうなの……？」

「……」

僕が返す言葉を探しているうちに、ラフィアはうつらうつらし始めた。そのまま、あっという間に眠りに落ちていく。僕は寝ぼけているラフィアをなんとか布団まで連れていき、毛布をかけてあげた。

盛大に空ぶった感情が胸の中に転がっていて、僕はため息の形にして吐き出す。

「まあ、いいや」

なにはともあれ、邪魔な家族は排除《はいじょ》できた。

僕にはやらなければならないことがある。

明日には魔法の教えが始まるだろう。念のため、精霊がくれた祝福の性質をもう一度確かめておきたかった。そのために、ラフィアが眠るのを待っていたのだ。

精霊は転生に際して僕に超能力のようなものを授けてくれた。『対訳』。それが力の名前だ。しかも、精霊はその力を『魔法使いにおける最強の反則』と言っていた。

どうやら、その力とは、翻訳《ほんやく》の力らしい。

いつ頃気付いたのか覚えていないけれど、僕の頭の中にはスイッチのようなイメージがあった。蛍光灯《けいこうとう》の電源のような一般的な形のスイッチが僕の頭のなかにずらりと並んでいる。それは記憶のようで、仕組みのような、不思議なイメージだった。そのスイッチを選ぶことで、僕は聞く言葉という言葉を自由に操ることができる。理由もないのに僕はその使い方まで確信していた。植え込まれたイメージ。正直、気持ち悪い。

生まれてすぐの僕は、この力の性質を確かめるのにずいぶんと時間を使った。

この世界の言葉を『聞く』ことに関してはシンプルだ。今まで僕に話しかけてくれたすべての人の言葉を問題なく理解できたから。

『発音』もほぼ同じ。言いたい内容と言語をイメージするだけで、言葉を発することができる。

この世界で標準的に使われている言葉をリームネイル語と呼ぼう。試しに〈今日はいい天気ですね〉とリームネイル語で言ってみた。

「今日はいい天気ですね」

口や喉《のど》を強制的に動かされる不思議な感覚がして、僕はリームネイル語を発していた。今までの村人たちとの会話はすべてこれによる。やっぱり便利だ。このスキル本当に便利。この世界を生きている間、言葉の壁に苦しまなくて済む。ぜんぶ意味が分かって勝手に言葉を話せるのだから。

となると――この機能をいじめたくなるのが人の性《さが》だろう。

僕は引き続きリームネイル語のモードで〈インターネット〉と言ってみた。

「情報、知識、海、たゆたう、場所」

もう一度言ってみる。

「世界、回線、網、つながる、場所」

この場合、言葉がブレるのが、一つの事実を証明している。

当然だけれど、この世界の辞書に『インターネット』が存在するはずはない。この力は、僕のイメージというか考えのようなものを無理やり指定した言語に落とし込む、という性質なのだ。

次は〈パソコン〉にしよう。

「妄想の箱」

……違うだろ。

「個人用、電気式、汎用、計算、機」

普通にファンタジー世界を生きていくうえではなんの問題もない。

次は……数字だな。とりあえず〈零〉をチェック。

「――」

零という数字の概念は無し。たしかに「零歳のタカハくん」って言われたことはない。村の奥様たちには、いつも「第十三巡月の生まれ」と紹介されていた。

〈一、二、三……〉と続けて十七まで問題なく言えることを確認した。

そのまま僕はなにげなく〈十八〉と言ってみた。

「十七と一」

次に、〈十九〉。

「十七と二」

〈三十八〉。

「十七が二つと四」

続けて適当に思いついた〈千七百八十〉を言ってみる。

「十七倍した十七が六つと十七が二つと十二」

暗算をして答えが千七百八十になることを確かめた。この異常な翻訳はすべて、十七までの数字しかリームネイル語に存在しないという事実から納得できる。

さて、これが僕の持っているピースの全てだ。

数学に対するある程度の能力。そして、『対訳』と名付けられた翻訳の力。

この二つがどう魔法に結びつくのだろう——

そう考えながら、あくびを噛み殺した僕は自分の毛布にもぐり込んだ。

「……すぅ……。……すぅ……」

遠くもなく近くもない距離には、いつもの間抜けな表情をしたラフィアが眠っている。眠りながら笑顔なのは不気味だった。楽しい夢でも見ているのだろう。だが、その目元は少し赤かった。

耳の奥にラフィアの泣く声がこびりついていて、「……やっぱり子どもは嫌いだ」と僕は囁《ささや》いた。


その翌日。

「ふむ」

真夏だというのに、暑苦しい黒ローブ姿を貫いているゲルフは目を閉じ、腕を組む。

昨日の勉強会の成果を今さっき披露《ひろう》したところだった。プロパは掛け算で一度間違え、ラフィアは暗算がひどくゆっくりだった。けれど、半日の指導で初学者をこの水準まで引き上げたのだと考えれば上出来だと思う。僕は。

さて……どうだ。

僕の喉がごくり、と鳴る。

「よかろう。みな、合格じゃ」

ゲルフは拍子抜けするくらいあっさりと言った。

「――魔法の教えをこれより始める」

登場人物紹介

Decipher by Arithmetic the Magic of Another World

ラフィア

- タカハと一緒にゲルフに拾われた兎人族《ラビテ》の少女。
- 明るい性格と旺盛な好奇心で友だちが多い。
- 可愛らしい容姿が自慢の村人たちの人気者。
- おしゃべりが行き過ぎてゲルフやタカハに白い目を向けられてしまうこともあるが……基本的にめげない。

「今日はなにをして遊ぼうかな！」

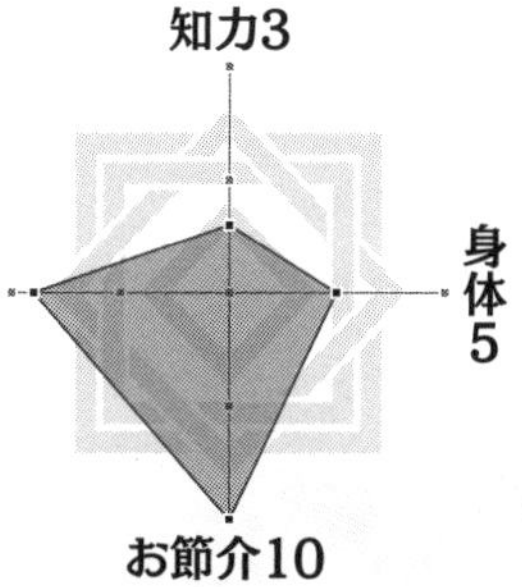

パラメータ表

この世界で出会った僕の義理の姉。話が下手だし長い。というか、言いたいことはだいたい耳の動きで分かるし。

第二章：「四属性を全部使えるの？」と僕は慎重《しんちょう》に問いかけた。

魔法の教えは毎月一回ゆっくりとだが確実に進んだ。しばらくは、取扱説明書をみんなで読んでいるような話が続く。三巡月分の話を要約すると『魔法は危険な力だから、使うときは気をつけましょうね』ということになる。

この間も僕はゲルフに個別授業をお願いしてみたけれど、案の定きつく叱られた上、お手伝い増量の刑に処された。納得いかない。

だから、その日は大きな収穫のある授業だった。

「――皆も知っての通り」

ゲルフが朗々とした声で言う。

「先日行われた『九歳の儀式』では、三人全員が魔法を初めて唱えることに成功した。回路《バス》が細い者でも、わしの授業を受ければ魔法使いになれる。じゃが、ただ受けるだけではダメじゃや。わしの授業に加えて、お前たちそれぞれの努力が必要となる。肝《きも》に銘《めい》じよ。……よいな？」

「「「はい！」」」

子どもたちが一斉に応えた。見守るゲルフの目は優しい。言葉には自信があるし、穏やかな口調には安心感がある。いい先生って感じだった。

けれど、——ゲルフは僕と目が合ったことに気付くとすぐに視線を外した。

「では、プロパ」

「はいっ！」

大人たちと会話をするとき、プロパは下品な言葉を一瞬で引っ込め、元気で明るくて可愛い妖精《エル》種《フ》の少年になる。青い瞳はまるで冬の星空のようだ。

「魔法とはなんじゃ？」

「はいっ！　魔法は、精霊さまがあたえてくださる力です！」

「うむ、正しい」

ゲルフは黒板に七つの記号を書いた。その下にはとんがり帽子をかぶった魔法使いの絵。

七体の精霊様を示す記号から、魔法使いへ矢印が注がれる。その矢印は魔法使いの体を通り過ぎ、稲妻《いなずま》や炎《ほのお》として放出された。さらに、ゲルフは黒板の隙間に小さな丸をいくつも書きつけた。

「世界には『マナ』というエネルギーが満ちている。この世界の隣には『七体の精霊様』が居て、魔法使いは『願い』を精霊様に届けるために『呪文』を使う。呪文が完璧《かんぺき》であれば精霊様がマナを力に変えてくださり、『魔法』が発動する」

ゲルフは黒板からこっちに向き直った。

「今日から実際に魔法を使うための鍛錬を始める。まずは、マナを視る訓練からじゃ。目を閉じ、集中してみよ。光る粒、甘い匂い、かすかな音、母親の温《ぬく》もり、雲の味……感じ方はそれぞれ異なる。皆、魔法を操るための回路《バス》を持っていることは間違いない。精霊様へ至るその道が、マナの存在へ導いてくれる――」

僕は目を閉じて意識を集中してみる。満ちてるってどんな感じなんだろう？　空気とかそういうもの？　目では見えないってことだよね？　音は聞こえるのか？

その瞬間だった。暗闇の中でキラキラと光るものが見えた。音のようでもあって、匂いのようでもあって、味のようでもあって、でも、やっぱり光かな。光の粒がいくつか空気の中に散らばっているようなイメージだ。

これが、マナ……？

考えているうちにその感覚が消えた。もう一度探してみるがどうしても見つからない。もどかしい。きつく目を閉じて集中しても、さっき在った光の粒を感じることができない。ゲルフと子どもたちの呼吸の音、ティーガの手触りとその毛の柔らかさ、舌に残るビムの実の果肉のわずかな苦み――それが、僕の感覚できる全部だった。

……しばらく経つと全員の集中力が切れてきた。ラフィアもマルムもプロパもうんうんと唸《うな》っているが、どうやらマナが視える気配はなさそうだ。さっきのにしたって、本当にマナだったのかは分からない。

「マナは次第に視えるようになってくる。継続して意識し続けること。これが肝要《かんよう》じゃ」

「「「はい！」」」

「続けて座学に移ろう。題は『呪文と精霊言語』じゃ」

ゲルフは黒板を持って僕たち四人の前にやってきた。これだよ、この話を待ってました。

「マルム、精霊言語について知っていることはあるか」

「はい。ええと……精霊言語は古い言葉でー、精霊さまに『願い』をとどける、言葉です」

「正しい。よって、お前たちは精霊言語を記憶する必要があるが――その前に、なぜ六歳になるまで魔法を教えないのか、その理由から話そう」

幼い子どもに魔法を教えない理由……これは、ずっと気になっていた。六歳より小さい子どもには魔法の知識に触れさせない。それがピータ村の方針だった。

「精霊言語を正しく並べれば呪文となり、魔法が発動する。幼い子どもに精霊言語を練習させれば、その過程で魔法を暴発させてしまう危険性があるのじゃ。練習のつもりで呟いていた精霊言語がぴたりと呪文の形となり、母を焼き払ってしまった魔法使いをわしは知っておる」

…………なるほど。

エネルギー源である『マナ』は周囲に漂っているし、それを魔法という結果に変換してくれる『精霊』も異空間にいらっしゃる。ミスさえしなければどうやらデメリットはないらしい。

「お前たちがこれから手に入れるのはそういう力じゃ。心せよ」

――すごい力じゃないか。

この世界の魔法は言葉だけで引き出せるんだ。言葉が現実に干渉《かんしょう》するなんて。

「では実際に聞いてみよ。――――〝火〟」

今〈火〉って言ったな。言語がリームネイル語とは違う、というよく分からない感覚がある。てことは、これが精霊言語か。なるほど、精霊様からもらった『対訳』の力によって、僕は意味をダイレクトに理解できるようだ。

僕はためしに『対訳』の力をオフにして聞いてみた。

「　、　、　、　」

……まったく聞き取れない。

ゲルフの口が動いていることは分かる。でも、舌や唇を使った不思議な発音と絶妙に上がったり下がったりを繰り返すアクセントのせいで、木の葉《こは》がこすれ合う音のようにしか聞こえない。

とはいえ、『対訳』で理解できたなら発音もできるはずだ。

「案ずるな。鍛錬《たんれん》を続ければ必ず、この発音をこなすことができるようになる」

――僕を転生させた存在はこの『対訳』の力が僕の行き先では『最強』だと言っていた。

最強なんていうフレーズで心が躍ったりするわけではない。けれど、妙に引っかかる。僕を転生させるような存在が、単に『強い』ではなく『最強』という言葉を選んだことにはなにか理由があるような気がしていた。精霊言語を練習無しで六歳のうちから自由に操ることができるから、最強……。そういうことなのかな。

なぜかゲルフがじっと僕を見ていて、居心地の悪さに僕は視線を逸らした。

その次の授業は魔法の『属性』の話だった。

「精霊様はそれぞれが属性をつかさどっており、そのうちの四柱が下位属性、三柱が上位属性を担う。ラフィア、それぞれの属性は覚えているな？」

「はい！　下位属性は土、水、風、火の四つ、上位属性は、空、識、時の三つです」

「正しい。……さて、魔法の呪文はまずどの精霊様に『願い』を立てるかをはっきりと宣言する。呪文の第一節目、精霊様に訴えかけるこの一言目を、特別に『属性指定節』と呼び、我ら魔法使いは重要視する。……それはなぜか」

答えがないんじゃないかと思わせるような、難しい問いかけだった。

僕たちは互いに目配せをする。

「タカハ、想像はつくか」

いや、分かるわけないじゃん。

「魔法の種類が、全然変わるからだと思います」

「……いい線をいっている」

僕は舌打ちをしそうになった。つまり間違ってるってことだろ。

「精霊言語を発することができるようになれば、お前たちは魔法使いになる。問題は、その精霊言語にあるのじゃ。我ら魔法使いが『属性指定節』に細心の注意を払うのは――精霊様の一柱一柱によって、同じ単語でも、発音が微妙に異なるからじゃ」

……なんだって？

「こう考えればよい。たとえば『火』の精霊様は、お前たちの話し言葉のようなものを使う。『いきなり雨が降ってきてちょー大変だった』。一方、『水』の精霊様はわしら老人の話し言葉じゃ。『急

に雨が降ってな、これがもう大事じゃったのよ』。さらに、『風』の精霊様は領都で使われるような
きっちりとした言葉としよう。『急に雨が降り、とても大変だった』。これと同じように、それぞれ
の精霊様に訴えかけるのに必要な言葉は微妙に変化する。『属性指定節』を我らが重要視する理由
はこれじゃ」
「……ゲルフ様」とプロパが恐る恐る言った。「精霊様には、それぞれの言葉があるんですか
……？」
「その理解で正しい。単語の数は同じじゃが、微妙に発音が異なる」
つまり、訛《なま》りってことか。
七柱の精霊様のそれぞれに訛り言葉で話しかけなくちゃいけない。
「魔法を使うために最低限必要な単語は、三倍した十七個程度あるから……二属性を使いこなそう
と思えば――」
百個近くの単語を発音できるようになる必要がある、と。
「加えて、発音が近い分、使い分けが難しいのじゃ。魔法使いのほとんどは、自らの得意属性を定
めている」
……なるほど。
自分がお世話になる精霊を一つに決めておけば、単語の活用までは覚えなくてすむ。
「よって、お前たちは自分の主力とする属性を一つ定めよ。上位属性は口伝されている魔法の数が
少ないため、よほどの事情がない限り認めない。下位四属性の中から選ぶとよい。幸い、我がピー

タ村は四属性の配分がほぼ均等じゃから、好きなものを選んでよいぞ」

「オレは……じゃない！　ぼくは水属性にします！」

大声で言ったのはプロパだった。ゲルフは深く頷く。

「ジアトもレミーラも水属性の優れた使い手じゃ。そうしなさい」

「はいっ！」

「さて、残りの三人はどうするか」

「ゲルフ様ー、それぞれの属性のこと……教えてくださいー」

マルムは珍しくぱちっと目を開いている。

よかろう、とゲルフは黒板と白い木の枝を持ってきた。

「土属性は攻撃と防御に優れる。地面の壁を生み出す呪文はおそらく『魔法の国』で最も多く使われている魔法じゃろう。攻撃魔法も優秀なものが揃っておる。その分、自らや他者を強化する補助魔法はほとんどない。

火属性は攻撃に特化した属性じゃな。ありとあらゆる燃やし方、破壊の仕方を学ぶ。また、肉体を強化する補助にも優れており、騎士が好んで使うのもこの属性じゃ。

風属性は攻撃、防御、補助のバランスが良く、万人向けではある。が、その一方で、空気を操るイメージが難しいためか、上達が少々難しいと言われておる。優れた使い手は雷《いかずち》をも操る。

水属性は下位四属性で唯一の肉体を修復する回復の呪文が含まれる。その分、攻撃力は低めとなる」

それにしても……マジでゲームそのままだな。

「どの属性使いにも活躍の機会はある。そういう意味で、わしはお前たち四人にはそれぞれ別の属性を選んでほしいと思っておる。これまで育ててきた他の子どもたちにもそう教えてきた」

「ゲルフは」思わず、僕は口を開いた。「四属性を全部使えるの？」

「……まあ、かじる程度にな。得意は火属性じゃ。さて、どうする？」

「タカハ、ラフィア……私、土にしてもいいかなー？」

「いいけど、どうして？」とラフィアが首をかしげた。

「うーん」マルムはしばらく――といっても十秒くらい、眠そうな目をして、天井を見上げた。

「……自分のことを、自分一人で守れるように……なりたいなー、って」

自分一人で自分を守る。女の子だからってこと？

ゲルフはうむ、と大きく頷いた。「守りは土属性か水属性が優れる。よい選択じゃと思うぞ」

「……はい」

「私たちは、どうしよっか？」

ラフィアはそわそわと耳を動かしていた。理由は分からないけれど、楽しそうだ。てかラフィアは根拠なくいつも楽しそうにしている。

「僕はどっちでもいいよ。ラフィアが決めて」

「よいのか？」

素早く言葉を差し込んできたのは――ゲルフだった。その瞳には確かめるような色がある。確かに、『魔法を教えて』と叫び続けてきた僕が属性に執着しないのは、違和感があるのだろう。

「うん。火も風も面白そうだから、正直、決められないんだ」

「じゃあ、私、風がいいな！　なんだか楽しそう！　タカハ、いい？」

「じゃあ僕は火だね」

攻撃特化。響きとしては、悪くない。まあ、この属性決めは、僕にとってそれほど重要じゃなかった。むしろ多分意味はないと思う。

だって、僕には『対訳』の力がある。

意味を想像しただけで言葉を発することができる精霊の祝福を僕は持ち合わせている。

まだ確かめてはいないけれど、能力の性質から予測できる。僕の『対訳』は間違いなく、すべての精霊様に通じる。この話を聞き始めてから、僕は笑みを殺すので必死だった。普通の魔法使いは属性を増やすのが大変だ。一方で、僕は呪文の組み立て方を教わりさえすれば、すぐにでも四属性、いや、七属性を使いこなせる魔法使いになれるはずだ。

神様が言っていた『最強』の意味は、たぶんこれだったのだ。


魔法の教えが始まってから一年。僕を含む四人の子どもたちはあっさりとマナを知覚できるようになった。今の僕はサングラスをかけたり外したりするみたいに、ふつうの視界とマナを知覚する視覚を切り替えることができる。

けれど、そこから先——発音の習得の度合いは、子どもたちによって大きく異なっていた。

まず、『対訳』の力を持つ僕はぶっちぎりに早く火属性の精霊言語の発音を習得した。加えて、予想通り、『対訳』の力を活用すれば全属性の訛りを難なく使いこなせることを確認した。気分がよくなった僕がその事実をゲルフにアピールしたところ、実にあっさりと受け流され、それどころか風属性を選んだラフィアの指導を命じられた。これは痛恨《つうこん》の判断ミスだった。

次に精霊言語を正しく発音できるようになったのはプロパだった。水魔法の使い手である両親の協力もあって、練習する時間が多いのだという。マルムもほぼ同じくらいの時期にできるようになった。

問題は——ラフィアだった。

どの子どもたちも半年ほどでできるようになる最初の単語——ラフィアの場合は、〈風〉という単語を、一年が経った今も一向に発音できないでいた。

「ちがう。〝風〟、〝風〟」

「〝——〟、〝——〟」

ラフィアの唇が紡ぐのは、リームネイル語でも精霊言語でも意味をなさない音だった。ラフィアは顔を真っ赤にしてそれを繰り返すけれど、やっぱりダメだ。少しも進歩が見られない。兎人族《ラビテ》なら分、耳はいいらしいから、単純に不器用なのかもしれない。いつか僕が聞かせた掛け算の歌はすぐに覚えていたことを思い出す。音は記憶しているけれど、それをアウトプットできないのか。

ふいに、僕のまぶたの裏側に数字がちらついた。

ラフィアの数字は——魔法の分野に関しても小さいのかもしれない。

僕はゲルフの言いつけで、そんなラフィアに毎日精霊言語を聞かせている。

「ラフィア、おしまいにする?」

「もうちょっとだけ、タカハ、おねがい……」

「……もうちょっとね」

額に汗を浮かべるラフィアを見ながら、早く終わらないかな、と僕は思った。


僕はすでに呪文のための精霊言語を完全に使いこなすことができる。

……あとは、呪文を組み立てるための言葉の順番を教わりさえすればいい。

「ゲルフ」

子どもたちへの教えを終えて狩猟団に顔を出そうとしたゲルフを僕は呼び止めた。

「……なんじゃ、改まって」

「僕は、魔法を唱えたい。だから、呪文の語順を教えてください」

ゲルフの表情がみるみるうちに厳しくなる。

その口が開く前に、僕は畳《たた》み掛《か》けるように言った。

「掟のこともよく分かってる。でも、僕は魔法を必ず使いこなしてみせる。精霊言語、教えてもらったものは全部言えるようになった。僕は間違っても、この力を人に向けるつもりはないよ。だれかに危害を及ぼすつもりで使うんじゃないんだ。だから、お願い、します。一年早く『試し』を受けさせてください」

ゲルフの黒い小さな瞳は少しも揺らがなかった。

「――ならぬ」

「そんな……！」

「お前は分かっておらぬ」

「じゃあ、どうすればいいのさ⁉　今の僕には何が足りない⁉」

「お前は魔法を見誤っておる。魔法というものを正しく見極めることができたのなら、今すぐにでも語順を授けよう。――じゃが、今のお前はまだ足りぬ」

よいな、とゲルフは強い口調で言った。「一年後、『九歳の儀式』の前日に、他の子どもたちと横並びで魔法を唱える。もし、わしの目の届かぬところで勝手に魔法を唱えたのなら――その魔法の芽、わしが此処《ここ》へし折る」

背筋が凍えた。

ゲルフが冗談を言うところを、僕は見たことがなかった。

「……殺すって言いたいの？」

「魔法使いにとってそれに限りなく近い呪文もある。お前にいくら才があったとして、覚えてすぐの魔法使いにわしが遅れをとることはない」

僕とゲルフはしばらく睨み合った。

「……それほど魔法が使いたいのなら、これを読んでおきなさい」

ゲルフが手渡してきたのはボロボロの羊皮紙を束《たば》ねた一冊の本だった。受け取らない僕の胸にゲルフは強い力でそれを押し付けてくる。それを払いのけた隙に、ゲルフはあっさりとローブを翻《ひるがえ》して、村の広場の方へ下りていった。

「……ッ」

徐々に、心が起き上がってくる感覚がする。その原動力は怒りだった。

掟がそんなに大事なのか。魔法がそんなに大層なものだって教えたいのか。

「くそっ」

吐き捨てて、僕はゲルフの置いていった本を拾い上げた。

——その日以来、僕とゲルフの間から、まともな会話と呼べるものは完全に消滅した。

埋め合わせをするかのように、僕の狩猟団の手伝いはさらに増量された。僕は毎日、限界まで働いた。それこそ奴隷のように。

僕とゲルフの険悪な関係は硬直《こうちょく》したまま——春が二つ巡った。

第三章：「話してほしいの」と兎人族《ラビテ》の少女は作り笑いをした。

九歳になった僕はその日も狩猟団の手伝いをしていた。

この数年間で、僕は『単なるお手伝い』から『ほぼ正規の狩猟団員』へとクラスチェンジした。

まだ獣を直接仕留める腕力はない。けれど、スィラシァやシァハくらいの獣なら相手取って時間を稼ぐこともできるようになったし、逃げ足も速くなった。自分の命を守るのがずいぶんと上達したと思う。

その日のお手伝いは雑事がメインだった。例によって尋常じゃない量の仕事を僕は命じられる。テントの設営、薪《まき》集め、武具の手入れ、獣の解体と素材の仕分け、木の実運び——

「ゲルフ、ちょっと待て」

「なんじゃ、ガーツ」

「いくらなんでも今日はやり過ぎだ……。九歳だぞ？　身体がもたん」

狩猟団長の、うさみみ大男ガーツさんが躊躇《ためら》いがちに何度もゲルフに声をかけていた。けれど、ゲルフはまったく耳を貸さなかった。結末の分かり切った会話を聞く意味はない。僕は黙々と獣の皮の分類と整理を進めた。

「……すまないな、タカハ」

右の頬に大きな傷のあるガーツさんは、僕が運んでいた獣の皮を半分ひょいっと持ち上げると、心底すまなそうな顔をして言った。

「お前の魔法を唱えてみたいって気持ちは分かる。だが、こと魔法に関しては、教え役のゲルフが決めたことを曲げられないんだ。あと半年、なんとか我慢してくれ。……狩猟団の手伝いなら俺の裁量で減らしてやれるから――」

「――ありがとうございます、ガーツさん」

僕の声は自分でも驚くくらいに固かった。

ガーツさんも豆鉄砲を食らったような表情をしている。

「本当に、大丈夫です。……これ、二台目の馬車でいいですか？」

「……ああ。頼むぜ」

ぽん、と頭に置かれた手のひらは大きくて、僕は一層みじめな気持ちになった。

――なにをやってるんだろう。

手伝いをしながら僕の頭を埋め尽くすのは、そのフレーズばかりだった。

異世界に生まれ変わって、僕は最強の魔法を手に入れるはずだった。幼いながらも、圧倒的な力を持つ大魔法使いとして、この国の歴史にさっさと名前を刻むはずだった。

なのに、今の僕はどうだ。

理屈が通じず、人格の破綻《はたん》した老魔法使いに拾われて、魔法のスタートラインにも立っていない。

身動きは取れなかった。村から脱走すれば騎士によって容赦なく処罰《しょばつ》を受けると聞かされたし、かといって、魔法を唱えてしまえば、ゲルフに何をされるか分かったもんじゃない。まだ一人前の狩猟団員でもない僕はゲルフの言いつけに従って生きていくしか無いのだ。

くたびれ果てて帰り着いた自分の家からは、炊煙《すいえん》が上がっていた。

ぼろっちい木の扉を開けると、ラフィアがエプロンをかけて料理をしている。

この二年間でラフィアはゆっくりと、だけれど確実に、子どもから少女へと成長した。ラフィアの『見た目』の項目に書かれている数字はなかなか高いんじゃないかと思う。多くの村人たちが絶賛《ぜっさん》しているからだ。性格も明るいラフィアは村人たちと良好な関係を築いているようだ。

僕を認識したラフィアがにっこりと笑って、僕は――はっきりとイラついた。

「タカハ、ご飯もうすぐできるから！」

……ダメだ。疲れすぎてて、冷静じゃない。

ばらばらになった理性をかき集めて、感情のざわめきを封じる。

『数字』を思い出す。ラフィアを規定するいくつもの数字を、僕は見る。ラフィアに魔法の才はない。半年後の儀式を突破できるかはかなり怪しいだろう。覚えなければならない精霊言語は五十個をくだらないのに、ラフィアは二年かけてようやくそのうちの十個を発音できるようになっただけだ。このペースでは間に合わない。僕はもちろん、プロパもマルムも、五十個の発音はすでにクリアしている。ラフィアは魔法の分野でも致命的なまでに遅れていた。

そんなラフィアが僕にプラスの影響をあたえることはない。

大魔法使いを目指す僕にとって、義務で付き合う他人以上の価値はないんだ。

だから、八つ当たりしたって仕方ない。

「今日は疲れてるから、要らない」

「でも……」ラフィアのうさみみがそわそわと揺れた。「食べないと明日元気出ないよ？」

その通りだ。冷静になれ、タカハ。九歳になるまでに死んだら、それこそ僕の転生を仕組んだ精霊にだって笑われるだろう。少なくとも死んだ後に僕は自分を笑う。

僕は土間で靴を脱いで、汚い布で足をぬぐった。汗まみれの僕の足はもっと汚い。九歳の子どもの足とは思えないくらい筋肉質で、足裏の皮膚《ひふ》は固くなっていた。

テーブルに座り込む。

こうして余った時間、僕はゲルフに渡された羊皮紙の束を読むようにしていた。

ティーガの内ポケットから取り出したボロボロの表紙を開くと、ゲルフが小さい字で書いた魔法に関する大量の知識が目の前に広がっていく。

この世界の魔法は、単位魔法《ユニット》と修飾節《モディファイ》の組み合わせによって構築される。

単位魔法《ユニット》は呪文の骨格となる最低限のフレーズのことだ。ここさえ押さえておけばとりあえず魔法は発動する。火の玉を出すのか、炎の絨毯《じゅうたん》を生み出すのか、小さな爆発を呼び寄せるのか。それを決めるのが単位魔法《ユニット》。

そこに、発動時間や場所、大きさなどを規定する修飾節《モディファイ》を加えることで、呪文は無限のバリエーションを獲得することになる。

そのためには、単位魔法《ユニット》の性質を熟知していなければならない。火の玉はどのくらいの大きさで、炎の絨毯はどのくらいの範囲で、小爆発はどのくらいのタイムラグののちに発動するのか。それが分かっていなければ、無駄な修飾節《モディファイ》を闇雲に追加することになる。ゲルフの魔法書はその点で非常に精密なデータベースだった。呪文の『語順』に関する記述だけは完全に削除されていたけど。

『——魔法とは、単に知識である』

ときどき登場するこのフレーズに僕は納得する。

精霊言語を使いこなし、単位魔法《ユニット》と修飾節《モディファイ》の知識を詰め込み、語順を知れば、魔法は完成する。

「タカハ……今日もお手伝い、大変だったの？」

僕は魔法書に顔を向けたまま、目を閉じた。呼吸を数える。そうでもしなければ、感情的な言葉をラフィアに投げつけてしまいそうだったのだ。——そんなの見れば分かるだろ、って。

「……まあ、いつも通りだから」

ことり、とテーブルに木製の器が置かれた。僕は魔法書のページを開いたまま伏せ、スプーンを手に取る。湯気《ゆげ》の向こうに、そわそわと揺れるうさみみが見えた。

「元気ないよね？」

「——いただきます」

僕はラフィアの質問を押しつぶすように言った。元気ってなに？　僕が元気じゃないとなにか問題があるのだろうか。その質問をして僕が元気になるとでも？

僕の態度をさらに妙な方向に勘違《かんちが》いしたらしいラフィアは、やけに明るい口調で今日の出来事を語り始めた。僕は途中から魔法書を手に取って読むのを再開する。音楽プレーヤーとイヤホンがほしい。わりと真剣に。

「——それでね！　今日はソフィばあちゃんが薬草を獣に盗まれちゃったんだって！」

「へえ」

スプーンでスープを口に運びながら、僕はラフィアの話をまったく聞いていなかった。魔法書の暗記に余念がない。

「でね、薬草をくわえた獣を見つけたソフィばあちゃん、どうしたと思う？」

「うーん……わかんない」

「機織り機の柱を一本、こうやって抜いて、すごい勢いで走りだしたんだよ！」

「……へえ」

「あんなにやさしいけど、すっごくこわい顔してて……それでね、獣が逃げる方向に先回りして、機織り機の柱でやっつけちゃったの！　スープに入ってるこのお肉はそのおすそ分けで……」

「……」

「……タカハ？」

「ん？」

「聞いてた……？」

魔法書から顔を上げると、ラフィアの大きな青い瞳が、僕をじっと見ていた。

「ごめん、聞いてなかった。……なに？　精霊言語、聞かせようか」

ラフィアは、いつものあの間の抜けた笑顔じゃなくて、明らかに無理していると分かるようなひび割れた微笑《ほほえ》みを浮かべた。

「……あのね、タカハ。話してほしいの」

「だから、なにを？」

「お手伝いが大変だった、とか、おとーさんとケンカしちゃった、とか、道で転んだ、とか、単位魔法《ユニット》を覚えた、とか……そういうのを話すのが家族だよね？」

家族、ね――。

内心の僕が乾き切った笑いを吐き出して、記憶の底に封じ込めていたものが、じわりとあふれ出してきた。僕に向けられるヒステリックな金切り声と、僕を黙殺する大きな背中。それが、家族だ。

「……違うよ。全然違う」

「じゃ、じゃあ、タカハにとって家族ってなに？」

僕は魔法書を閉じた。

思わず両手に力がこもって、ばぢん、と大きな音がした。

「『数字』」

「……え？」

「一緒に勉強したよね、数字。一よりも二の方が大きくて、二よりも七が大きい。それと同じなんだ。人間は数字の大小で決まる。腕力はどのくらいで、料理はどのくらい上手で、狩りはどのくらいのベテランで、魔法はどのくらい使えるのか――全部数字なんだ。どんな話をしたかなんて意味ないんだよ」

「……でも――」

「中身のある話をしようよ。発音の練習とか、単位魔法《ユニット》こととか」

「タカハは……私がお姉ちゃんなのに、魔法を使えないから、嫌いなの……？」

「いや。だからさ」

話題が次々と横に滑《すべ》っていく。足元をすくわれるような感覚。ラフィアと話すといつもこうだ。

「嫌うとか嫌わないとかじゃない。ラフィアは魔法が苦手だ。単なる事実を言ってるだけ。……僕は必要以上の話をするくらいなら本を読んでたいんだ。ラフィアは話をしたいのかもしれないけど、僕は本を読んでいたい。そう言ってるの」

「そ、そっか。本を読みたいんだね。じゃあ、あまり邪魔しないようにするから――」

「ごちそうさま」

「…………はい、お粗末さまでした」

僕はラフィアの顔を見ないで立ち上がり、土間へ下りた。木製の器を瓶《びん》の水で洗って、台所に伏せておく。ラフィアはゆっくりと自分で作ったスープを口元に運んでいた。

扉が開いたのはそのときだった。

「タカハ」

しゃがれたゲルフの声に僕は少し身構える。ゲルフが僕の名を呼ぶときは、なにかを命じるときだ。扉の外に居る黒衣の老魔法使いは夕日を背負っていて、不気味な悪魔のように見えた。

「来なさい。見せたいものがある」

僕は見たくないけど、と内心で呟きながら扉へ向かった。

そこで僕は足を止めた。止めざるを得なかった。

――扉を塞《ふさ》ぐようにゲルフは立ち尽くしている。

「ゲルフ……？」

老魔法使いの視線の先には――ラフィアが居た。

「……あっ」

ラフィアはゲルフの視線に気付いた瞬間、慌てた様子で二階へ駆け上っていってしまう。木製の器とスプーンが乱雑にテーブルの上を転がった。

「なんだ？　どうし――」

――言葉を続けることができなかった。視界が加速する。

「うわっ⁉」

僕の身体はものすごい勢いで扉の外に引っ張りだされた。ゲルフが僕のティーガの背中を強い力で掴んで、引っ張りだしたのだ。思いっ切り地面を転がされ、「ぐぅ」と変な音が喉から出る。砂利が僕の両腕を数度引っかいて、ようやく僕の身体は止まった。

立ち上がる――その前に、ゲルフが僕の胸ぐらを掴んで持ち上げた。

白い髭をたたえた顔が至近距離にある。

九歳の僕は足がついてない。どうすることもできない。

「……なに？」と僕はクールな口調を装った。

老魔法使いの黒い瞳は、はっきりと怒りに燃えていた。

「――ラフィアに何をした？」

獣の唸《うな》り声のような、低い声だった。

「ラフィア……？」

「なぜラフィアを泣かせたと訊いておるのじゃ――!!」

音の圧が僕の顔面をひっぱたいた。

「知ら、ないよ。ラフィアのことなんて」

「知っておろうが!!　馬鹿者!!」

声が大きすぎて、本当に耳が痛い。

少し前のラフィアとのやり取りを思い出す。ラフィアが一方的に話しかけてきて、それを聞いていなかっただけだ。疲れていた。ゲルフが命じた大量の手伝いのせいで。だけど、魔法書は読み進めたかった。え？　これ、僕の行動、なにか間違ってる？　僕が悪いのか？

弁明を口にする気力はどこにも残っていなかった。

――なにをやってるんだろう。

僕の胸を、だれかの呟きが埋め尽くしていく。

――僕は、こんなところで、なにをやってるんだろう。

「タカハ」

ゲルフが去ったあとも呆然とそこに座っていた僕の背中に、穏やかな声がかけられた。

ニコニコと笑いながら僕に手を差し伸べていたのは、全身が真っ白な老婆《ろうば》だった。

「立てるかい?」

「……うん」

兎人族《ラビテ》のソフィばあちゃんは、ゲルフが僕たちを拾ってきた日から家にときどき来て、手際よく僕たちを世話してくれていた。白髪から白い兎耳《うさぎみみ》が小さく飛び出している。ティーガも白いから、真っ白に見える。なめし皮のベルトだけが茶色で、そこには、裁縫《さいほう》道具を収めたポーチをつけている。

ソフィばあちゃんはゲルフが去った方向を見て、白い眉毛の付け根をきゅっと寄せた。

「やれやれ。ひどい物言いだねえ。タカハだってずっと泣いてるのに」

「なに言ってるのさ」と僕は鼻を鳴らした。「僕が泣くわけないよ。合理的じゃない。泣いたって、なにも変わらないんだから」

「強いねえ。わたしはこの歳になっても、ときどき泣いちまうっていうのにさ」

さて、とソフィばあちゃんは立ち上がった。

「行こうか」

「……どこに?」

「ゲルフはさっき、『見せたいものがある』って言ってなかったかい?」

ソフィばあちゃんはゆっくりと広場に向かって歩き始めた。わけも分からず、僕はその後に続く。

夕焼けがやけに赤い日だった。遠くに見える山の稜線《りょうせん》が燃えている。すごく不気味な感じの空で、その悪い予感が的中したかのように、広場の方からどよめきが聞こえてきた。

「タカハは、わたしたちが奴隷だってことを、知ってるね？」

「うん」

僕は左肩の皮膚にそっと触れた。そこには、ゴツゴツと岩のように硬質化した部分がある。六歳のとき、騎士が来てここに焼きごてを押し当てた印——奴隷印だ。

「奴隷である僕たちは、村から離れることを禁止されてる。それと、食糧の一部を税として騎士団に納めなくちゃいけない」

「そうだ。……まあ、『魔法の国』の場合、奴隷っていうのは名ばかりさ。王族や貴族様以外はみーんな、奴隷って呼ばれているからね」

「ねえ、何の話？」

「まあまあ。そう言わずついておいで。——見れば、それだけで分かっちまうことだからね」

ばあちゃんはニコニコしていたけれど、細められた黄金の瞳だけはこれっぽっちも笑っていなかった。

僕たちはゆっくりと小道を進んだ。広場の方から聞こえてくるどよめきはいよいよ大きくなってくる。怯えるような、動揺するような、そんなどよめきだった。

林に遮《さえぎ》られていた視界が開けて、僕は広場を一望《いちぼう》した。

人が詰めかけている。村のほとんどの大人たちが集まっているようだ。その全員が不安げな表情をしている。彼らの視線の先には――三人の騎士がいた。騎士はとくべつ珍しいものではない。税の取り立てで年に四回、緑コートの騎士が村にやってくるからだ。

けれど、いつも彼らは一人で、かつ、日中にやってくる。この時間に来ることはまず無かった。

「布告――ッ!!」

騎士は全員『首が短く背が高い馬』といった見た目のシァハという獣に騎乗している。緑のコートの下には銀色の鎖帷子《くさりかたびら》を着込んでいて、腰にはミスリル鋼を鍛えた剣がある。彼らは馬上から威圧するように村人たちを睨みつけた。

「布告――ッ!!」

三人のうち右の端の騎士が巻物を引き伸ばしながら、声を張った。

「四大公爵《こうしゃく》ライモン＝ディード閣下《かっか》の名のもとに招集する！　ムーンホーク領ピータ村より五名！　戦地は南の国境深林！　集いは四日後の夕刻、ムーンホーク城の城前とする！」

読み上げた騎士は慣れた手つきでその皮を広場の掲示板に打ち付けた。

「まさか……そんな……」と僕は思わずつぶやく。

騎士はたしかに『戦地』と言った。

「兵士として戦争につれていかれるってこと？」

「そうだよ。わたしたちが奴隷って呼ばれているのはそのせいさ」

隣に立つソフィばあちゃんの声は淡々としていて、どよめきの中でくっきりと浮かび上がる。

「敵国の侵攻があって国境を騎士団だけで守り抜けないときや、逆に反撃する人手がほしいとき、

『魔法の国』は国中の奴隷に招集をかけて臨時の魔法軍を結成する。わたしたち奴隷にそれを拒《こば》むことはできない、ってわけだ」

戦争、という言葉の重みを僕は持て余す。

「でも、これまでこんなことはなかったよね？」

「ここ数年はなかったんだがねえ。『鉄器の国』が攻め込んでくるって話は風の噂で届いていたんだ」

僕は一瞬、身構えた。

『鉄器の国』。――そこは鈴木が転生したはずの国だ。

今回の侵攻にも鈴木が一枚噛んでいるのだろうか。その可能性は、あると思う。あいつは神の加護を受けて上手く転生したはずだ。国の中枢に近いポジションにすでに滑り込んでいるのかもしれない。

「タカハ、いいかい、よくお聞き」

「……なに？」

「『今回は五人だ』と騎士様は言ったね。普通の戦地だったら――その中の一人は帰ってこない」

「――――」

僕は鈴木のことを一瞬で忘却した。心臓が、どくり、どくり、とペースを上げ始める。ピータ村には八十人くらいの人がいる。子どもから老人まで僕はその全員の顔と名前が分かる。四日後にはそのうちのだれか一人が死んでいる。

それは海の上を歩けと言われるくらい現実感の伴わない想像だった。

「……タカハは、魔法を使いたいんだね？」

僕はふと気付いた。

ソフィばあちゃんは最初からこの話をしたかったのだ。

「うん。僕は……僕は、強い魔法使いになりたい。それだけなんだ」

「強い、魔法使いか……」

ばあちゃんは一瞬、考え込むような素振りをした。そして頷く。

「だったら……やっぱり、今は目一杯勉強をしな。狩猟団のことを頑張りな。九歳の儀式まで、うんと我慢するんだよ。その我慢の分だけ強い魔法使いになれるからね。ばばあが保証するよ」

なんて感情的な言葉だろう。僕はこれっぽっちも納得できなかった。けれど、ソフィばあちゃんのニコニコとした笑顔の前に、考えた通りのことを言い返すことができなかった。

「……ばあちゃんに保証されたって、なんの意味もないよ」

「厳しいねえ。わたしも魔法はそこそこ使える口なんだよ？」

「でも、分かった」

なんとなく素直に僕は答えた。

「どうせ僕には魔法しかない。やるなって言われたってやるよ。ここまでずっと我慢したんだ。最後まで手伝いをやり通して、すごい魔法使いになって、ゲルフを見返してやる」

ソフィばあちゃんは目を細めて、ニコニコと笑う。

「その意気だよ、タカハ」

僕がラフィアを泣かせてしまったらしい一件以来、ラフィアは僕にあまり話かけてこなくなった。「精霊言語を聞かせて」とせがむ頻度もぐっと減った。そして、僕が「発音してみなよ」と言うと、ゆっくり首を横に振るようになった。ラフィアは諦めてしまったらしい。

相変わらず、僕は壮絶な『お手伝い』の渦中《かちゅう》に放り込まれていて、家事は全部ラフィアが引き受けてくれていた。ラフィアも量は少ないけれど手伝いはしているから、家事を僕がやらないのは不平等だ。そう言ってみた。

「ダメ。だってタカハ、お料理できないでしょ?」

「……できないけど」

「じゃあ、お姉ちゃんに任せて」

ラフィアはそう言って、にっこりと笑う。

なぜかモヤモヤした気分になったけれど、その日も僕は疲れ切っていて、結局家事はラフィアに全部任せることにした。やってくれるのなら、やってもらおう。合理的だ。

僕たちの『儀式』までは約半年。この頃になると、魔法の教えはほとんど復習がメインになる。必要最低限の精霊言語は覚えているし、単位《ユニット》魔法と修飾《モディファイ》節の暗記は終了しているし、呪文の『語順』

は儀式の直前に教わるからだ。むしろゲルフを手伝って年下の子どもたちに魔法を教える時間の方が長いくらい。

裏手の草原で行われたその日の教えが終わり、ゲルフは慌てて村への小道を駆け戻っていった。狩猟団に用事があるらしい。

僕たち四人は一塊になって、ゲルフの走り去った小道をゆっくりと歩き始めた。

「脱走奴隷って……知ってるー?」と唐突にマルムが言った。

この二年間でマルムはすっと背が伸びた。四人の中では一番背が高い。眠そうな目と、にへら、という擬音が聞こえそうなあの微笑は相変わらず。算術をせがむマルムに、僕はアラビア数字と十進法の知識を授けてしまった。あっさり理解してしまうマルムはやっぱり頭がいいと思う。

「ふん……脱走奴隷なんて、当たり前だ」とプロパは鼻を鳴らす。

一方のプロパは生意気な小猿からようやく人間らしく成長したけれど、成長の方向性を間違えた。他人の言葉にいちいち鼻を鳴らす不機嫌な皮肉屋になってしまったのだ。意思疎通がやりづらい。見た目は六歳の頃からさらに磨きがかかって、金色のつやつやした短髪とくりくりした大きな瞳は『エルフの王子様』という単語を強力に連想させる。

「え？　脱走……奴隷？　なに？　それ」

ラフィアがこくりと首をかしげた。

「脱走奴隷のことはオレが説明する」

身振りでごまかしつつ、プロパはそっとラフィアに接近する。

「オレたちは十七歳で大人になる。そうしたら、公爵様の持ち物であるオレたちは二つのことを命じられるんだ」

「あ……えっと、食べ物をおさめることと、招集にこたえること、だよね？」

「正解」とプロパは言って、そこから先は声をひそめた。「脱走奴隷っていうのは、その二つがイヤになって決められた住む場所から逃げ出した卑怯者《ひきょうもの》のことだ。卑怯者で、臆病者《おくびょうもの》」

「それってどうなるの？」と僕は訊いた。

プロパは『お前には言ってない』と言わんばかりの視線で僕を見たけれど、律儀に答えた。

「騎士様がつかまえる。たぶん、招集につづけて参加させられたり、きつい仕事をさせられたりする。……魔法を奪われることもある、っておじさまが言ってた」

「魔法を、うばう……？」と、ラフィアが不安げな表情で言った。

「一番ひどい罰だよ。無理やり呪文を間違えさせるんだ」

「精霊様が、噛みついて……」

「回路《バス》がズタボロになる、ってことか……」

呪文は精霊様への願いだ。

そして、僕たちが忠誠を誓う精霊様は傲慢《ごうまん》だった。

呪文の失敗、詠唱失敗には代償が要求される。例えば対価の計算を間違えたり、一定時間内に呪文を完結できなかったりすると、マナの通り道である回路《バス》が削られてしまうのだ。

回路《バス》の太さは使える魔法の量に影響してくる、重要なパラメータだ。それを削られるのは、きついペナルティと言えるだろう。精霊様が噛みつくというのはどうやらそういうことらしい。ゲルフが僕たちを脅していたのも、これが理由だ。

魔法の才能を分解するのなら、『発音できる精霊言語の単語数』と『回路《パス》の太さ』の二つに集約されるだろう。前者が多ければ使える魔法の種類が増え、後者が多ければ単純に火力が出る。

子どもたちはゲルフによって毎年回路《パス》の太さを測定されていた。

そこでも——僕は残酷な数字を目撃した。

僕の回路《パス》の太さは十七秒あたり九十四マナ。十七秒の中で、九十四マナまで呪文を好きに組み合わせて唱えることができる、という意味だ。これは成人の魔法使いの平均値を大きく上回っているらしい。

同じく十七秒あたりでマルムは五十二マナ、プロパは四十九マナ。回路《パス》は成長するらしく、それを加味すれば、二人も十分に優秀な魔法使いになれるのだとゲルフが言っていた。

だが……ラフィアの回路《パス》の太さは十七秒あたり十二マナだった。

これは九歳の平均を大きく下回って、ひどく細い。細すぎるため、十三マナ以上の重量級呪文は唱えることができないし、修飾節《モディファイ》もほとんど追加することができない。回路《パス》の回復を待つ時間が必要だから、連射もきかない。魔法使いとしてはひどく弱いという評価になる。

事実を聞いたときのラフィアはさすがに動揺していた。

ラフィアには才能がない。魔法使いとしての才能が絶望的にないのだ。歩いて月にはいけないように。本気を出したウサギには、カメが追いつけないように——

「ねえみんな。魔法が使えるようになったらどうしたい？」

唐突にラフィアがそう言った。

僕は思わず目を逸らす。はっきり言って、僕はラフィアのこういう夢見がちな部分が苦手だった。

「私はー、ピータ村を出てみたいかなー」

マルムが、にへら、と笑いながら言った。……表情のわりには大きな決意だ。

「魔女になれば……成人するまでの間はねー、別の村や、領都で、勉強できるらしいんだー」

「ふんっ。『交換』の制度のことか」

プロパは腕を組んで傲慢に言い放つ。「分かっているのか？　マルム。あれは騎士様の推薦状《すいせんじょう》が必要だ。魔法使いとして実力があるか、なにか特技がなければ、認められない」

「私はー」

マルムがちらりと僕を見て言った。「算術があるからー」

「そうだよ！　マルム、ずっと得意だったもんね！」

「私はね……商人になりたいんだー。それで、いつか……異国の品物を、ピータ村に持って帰ってくるのー。それがー、私の……夢かなー」

言われてみれば、時折ピーター村にやってくる交換商の老人とマルムが話し込んでいたのを何度か目撃した気がする。実現可能な夢なのだろうか、と思う。分からない。データが不足していた。

「オレは――騎士になる」

だれも聞いていないのに、ふふん、と気分が良さそうにプロパは鼻を鳴らした。

「えっ？　騎士様ってなれるの？」

ラフィアは青い瞳をキラキラとさせて、プロパに少し近づいた。それだけでプロパの顔が一瞬で真っ赤になる。

「なっ、なれるんだよ……！　十三歳になればだれでも領都で従騎士試験を受けられる。そこで成績が優秀なら従騎士になって、騎士団の中で認められれば正騎士。その次は騎士団長になって、最後は王都の騎士総長まで、オレは上りつめる」

「ふーん」

ラフィアはさらりと相槌《あいづち》を打ってから、僕に眩しいほどの笑顔を向けた。

「ね。タカハは魔法使いになったらどうしたい？」

「んー、王様かな」

返事はテキトーに。

「王様っ⁉」

「そう。強い魔法使いになって、奴隷たちが苦しまなくて済むような、そんな国を僕は作るんだ。だって、徴税も招集も、おかしいでしょ？　なんで僕たちだけこんな思いしなくちゃいけないのさ」

完全にでまかせだったけれど、まあ、悪くない。

「ほんとに？」

ラフィアは――青い瞳に真剣な色をたたえて僕を見ていた。

「ほんとに、タカハは王様になって、奴隷の人を助けるの？」

違う。

本当は、どうでもいい。

地位は勝手についてくるものだと思う。僕がほしいのは、絶対の実力だけだ。

だから僕はにっこりと笑って言ってやった。

「本気だよ。僕は、本気でそれを目指すから」

ラフィアは一瞬だけ目を見開いて、それから確かめるように何度も大きく頷いた。

「……それは王家への反逆罪だな、タカハ。騎士になったら、オレがお前を倒す」

「やれるもんならどうぞ。ま、一生かかったって無理だろうけど」

「なっ、なにぃ？」

「――で、ラフィアは？」

前のめりになった小猿をあっさりと受け流し、僕は兎人族《ラビテ》の少女に問いかける。魔法使いになることすら絶望的な状況にある少女の夢に、少し興味があったのだ。

「わたし？　わたしはね、――」

なにかを言いかけて、ラフィアは顔を赤くした。もじもじと僕を見るばかりで、なにも言わない。

「え？　なにそれ？」

「ひ、秘密なの！　でも、そのためには強い魔女にならないといけないんだけど……」

それは無理なんだよ――と、言いかけた言葉を飲み込む。さすがに悪趣味がすぎる。

「精霊言語は大丈夫なの？」

瞬間、ラフィアの表情がこわばった。

「……うん」

「そうは見えないから訊いてるんだけど」

「ほんとに大丈夫だから」

ラフィアはゆっくりと首を横に振った。らしくない曖昧な表情で、はっきりとなにかを隠していると分かる思わせぶりな態度だった。少しむっとした僕は、問い質《ただ》すための言葉を組み立て——

その瞬間だった。

「きゃあ——ッ!?」

少女の悲鳴がピータ村の森に響きわたった。

振り返ると、マルムが座り込んでいる。

プロパはマルムの大声に驚いたのかひっくり返っていた。

マルムの視線の先——茂みの中に、僕は一対の瞳を見つけた。

「え？」

最初の一瞬、何かの見間違いだと思った。茂みの向こうに目だけが浮かんでいるように見えたからだ。充血した黒い瞳はギラギラとした光を湛えている。

その次の瞬間は獣かと思った。森から迷い込んできた獣が人間の子どもたちを見ている。そのくらいの野蛮《やばん》な視線で——

がさがさっ！　と大きな音がして、瞳が茂みの向こうに消える。

獣のように森へ疾走する影はボロ布のようなものをまとっていた。

あれは——ティーガだ。この世界の服。

つまり人間。

その意味を深く考える前に僕は走り出していた。

「みんなは村に戻って!!」

茂みを突き破り、森のなかに飛び込む。

「タカハ!?」「……ッ。行っちゃダメだ!!」

子どもたちの声はすぐに背中側にフェードアウトしていった。

森は深いけれど、僕は地形を知っている。日夜獣を追い回している僕にとって、雑に残されていく逃走者の痕跡《こんせき》を追うのに苦労はない。枝の下を潜り、ぬかるみを飛び越え、僕は若々しい鹿のように走り抜ける。逃走者は三十メートルほど先をたくさんの痕跡を撒《ま》き散らしながら走っている。

踏み折られた枝、飛び散った落ち葉、ぬかるみの足あと……僕はそれを追い続ける。

あの野蛮な視線はなにを見ていた……?

僕の頭のなかはその疑問でいっぱいだった。

だから——右手から不意に現れた人影に、僕はもろに突っ込んでしまった。

「うわっ!?」

「な、なにっ!?」

九歳の僕の突進を受けたのは大人の男だったけれど、僕は森の中で出せる最高速で追跡をしていた。衝撃はなかなかにすさまじかった。体の前面全部が痛い。人影と一緒に倒れ込む。

——が、すぐに僕は弾き飛ばされた。

僕が受け身をとって立ち上がるのと、緑コートをまとった犬人族《ドグア》の男が剣を抜くのは同時だった。

「何者だ⁉」

ぎらつく白銀《はくぎん》の輝きはミスリル剣のそれ。騎士だ。

犬人族《ドグア》の騎士はそこでぴたりと動きを止めた。「少年……ピータ村の者か」

「……はい、そうです」

「脱走奴隷の件で森へは出るなと言われていただろう？」

「ですが、不審な人影を見かけて」

「なにッ！　どっちだッ⁉」

僕は先ほどまでの進行方向を指差す。騎士は慌てて一歩を踏み出そうとしたが、動かない僕を見てそれをやめた。

「……くそッ。読みが外れた」

「騎士様、あれは……？」

犬人族《ドグア》の騎士は視線だけをこちらに向けた。

「話す必要はない。……いや、そうでもないか」

肩の力を抜いた騎士はミスリル剣を腰の鞘に収める。重々しい金属音が響いた。

「あれは、隣のファロ村に居なければならないいない脱走奴隷だ。四人のうちの、最後の一人。脱走した者には厳しい処罰が待っている。大人になるときまで、その事実を覚えておくことだ」

「……騎士様、残りの三人はどうなったのですか」

「知りたいか？」

「大人になるまで、覚えておきます」

「――死んだよ。我々が、処断した」


僕は小道に戻った。泣いているマルムをラフィアが慰めていた。

ラフィアは僕を認めると、心底ほっとしたというように息を吐き出した。

「タカハ、大丈夫だった？」

「うん。僕は。……マルムは？」

「……だい、じょうぶー」

マルムの話を要約すると、あの脱走奴隷はじっと小道を覗きこんでいたのだという。どれほど前から見ていたのか分からないが、気付かなかったマルムは至近距離であの獣のような男を見た、と。

「なにもされてない？」

こくり、とマルムが頷く。

「騎士様に会ったよ。さっきのあいつは……脱走奴隷だった」

マルムが自分で自分を抱きしめた。どうしようもない寒気に抗うかのように。

「……だから、あんなに……ボロボロの服を着てたのかな……」

ラフィアは目を細めて、脱走奴隷が消えた森の中を見た。

「きっと、お腹が空いてて、食べ物を探してたんだよ」

「ラフィア、――」

僕は言葉を切った。あの奴隷が処刑されることはもう決まっている、と騎士は言っていた。でも、今のラフィアに告げるべきことではないだろう。その意味はない。

「かわいそう……」

目を閉じる。

脱走奴隷は騎士の定めた徴税と招集の厳しさから逃げ出して……それを理由に殺されるのか。

悲しい人生だな、と僕は思った。


月日は進み、ついに魔法を初めて唱える『九歳の儀式』を明日に迎えた。

魔法奴隷の義務である『招集』について、さらに詳しいことが分かった。六つの国があるこの大陸で『魔法の国』はついに、隣国の『鉄器の国』との戦争状態に突入したようだ。二十年ぶり、通算五回目の戦争らしい。その前線に送り込まれる魔法軍を構成する戦力が、国中から招集された魔法奴隷、というわけだ。

「……ぜぇ……はっ、ぜぇ……」

同時に――『ミシアの使徒』という『鉄器の国』で最強の神秘使いの二つ名を、僕は耳にした。

数年前、彗星《すいせい》のごとく『鉄器の国』に現れた当代最強の神秘使い。……たぶん、鈴木だ。

ミシアの使徒は今回の戦争でも動員されているらしく、その圧倒的な力を振るい、『魔法の国』の魔法軍に大規模な損害を与えているらしい。首筋が焼けるような感覚がする。僕も早く魔法を手に入れなければ――

「……はぁっ、はっ……ぜぇ……」

そう思う僕は――現在、水汲みという過酷な任務の最中にある。

僕が肩にかついでいる木の棒の両端には水をいっぱいにした樽《たる》が結び付けられていて、印象としては自分の体重なみの重さが右肩にかかっている。ゲルフの言いつける『お手伝い』の一種だった。児童虐待の間違いじゃないかな、と気付いたのは最近だ。

森の中にこじんまりとした木組みの家がようやく見えてくる。僕は扉を開け、土間の隅の方にある水瓶の前に木の棒を下ろした。

違和感が首をもたげて、すぐに僕はその理由に気付いた。音の空白、存在の空白。

ラフィアが居なかった。

この時間はいつも夕食を作っているはずなのに、どうしたのだろう。

――と、考えていたとき、そのラフィアが額に汗を浮かべて部屋に飛び込んできた。

「おかえりなさい。タカハ」

小さな白い歯がちらりと見えた。ベージュ色のふわふわした髪の間から同じ色の大きな耳が真上に伸びている。柔らかそうな頬をくしゃっとさせて、ラフィアは僕に微笑む。

「……ラフィアこそ、おかえり」

「ごめんね。ご飯、すぐに作るから」

布を紐でしばりつけただけの靴とも言えないような靴を脱ぐと、僕は自分の汲んできた水で軽く手を洗い、居間に上がる。四人が囲んだら精一杯という大きさのテーブルがあり、座るための獣の毛皮が置かれている。

「もう。タカハ、また手を洗ったの？　おとーさんに怒られるよ」

「いいよ。僕が汲んできたんだ」

水は節約しなければならない。だが、癖だった。家に入ったら手を洗う。それは僕の魂に刻まれている。

その日の料理はいつもと同じ味付けがされていた。木の実それぞれの良さを、野草の香味が引き立てている。三年目と比べてラフィアの料理の腕前は格段に上達していた。いつのまにこんなに腕を上げたのだろう、と思う。

僕は魔法書を開き、必要な部分を暗記する。

ラフィアは黙々と食事と家事を終えた。

「ねえ、ラフィア」

「なに？」

少女が素早く顔を上げる。僕から声をかけたのは、ずいぶんと久しぶりだった。そのせいか分からないけれど、ラフィアの青い瞳は星空をかき集めたみたいにキラキラと輝いている。

「……いや、なんでもない」

「そう……？」

ラフィアが『精霊言語の発音を聞かせて』と言ってくることは、ついになかった。

儀式の前日の夜はそうして更《ふ》けていった。

登場人物紹介

Decipher by Arithmetic the Magic of Another World

「魔法とはなにか。
よく考えてみることじゃ」

ゲルフ

- タカハを拾ったピータ村で一番の老魔法使い。
- 真面目で気難しい性格。いつも言葉数は少なく、険しい表情をしている。
- 魔法だけでなく、狩りの腕もそこそこ。意外にも趣味は昼寝。
- どうやら魔法の実力を隠しているようだが……。

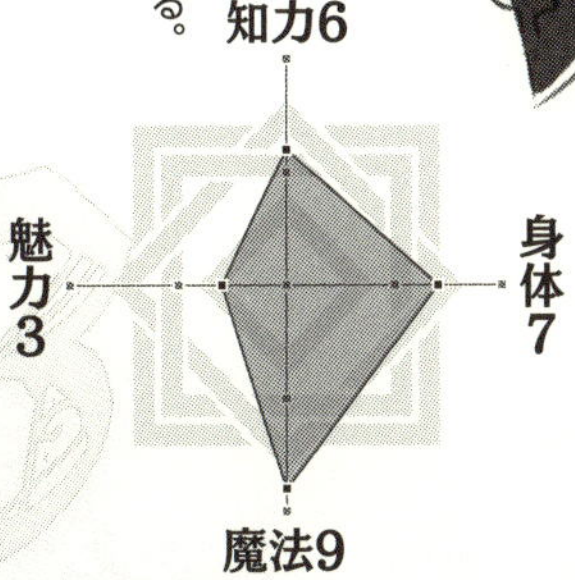

パラメータ表

この世界の拾い親で村一番の魔法使い。僕とは考え方が全っ然合わない。……あとさ、この際言わせてもらうけど、夏でもその黒いローブを着てるのはヤバくない?

第四章：そして僕は魔法使いになり、彼女は魔法を失う。

夕方。かがり火が焚かれた、ピータ村の奥の儀式場。

二つの月が四人の子どもたちを見下ろしている。僕、ラフィア、マルム、プロパの四人だ。僕たちは儀式用の新しいティーガを着て、うっすらと化粧のようなものを施され、整列していた。精霊様にその時点でもっともふさわしい恰好で向かい合う。それが掟だ。敬意の表現ともいえたし、儀式に集中させる装置にも見えた。

「日が沈むのと同時に『九歳の儀式』を始める。お前たちは村人の前で自らの魔法を披露し、子どもから魔法使いになる。我らの一員となるのじゃ。……そのために――」

僕たちが大人より早く集合するのには、もちろん理由があった。

「これより、最後の教えとなる『呪文の組み立て方』を授ける。『語順』を理解し、お前たちが練習している精霊言語を順番に発音すれば、魔法は発動する」

僕はラフィアを盗み見る。精霊言語の発音だって怪しいはずの少女を。

だが、そんな僕の視線に全く気付かない様子で、ラフィアはニコニコと笑っていた。

「復習から始める」とゲルフは言った。「魔法を理解するのに重要な三つの言葉を挙げよ」

「単位《ユニット》魔法！」

プロパが答えると、ゲルフは人差し指を立てた。

「修飾節《モディファイ》」

中指。

「そして、『十七の原則』です！」

薬指。

「正しい。……ではマルム。呪文とはなんじゃ？」

「精霊様への願い、です」

「うむ。別の言い方をしよう。願いであると伝われば、それだけで魔法は発動する。単位魔法《ユニット》は最低限の願い、呪文の骨格ということじゃ。では、『土の十一番』——土の壁《ランドウォール》を起こす呪文を例とする。これを見よ」

ゲルフは懐から羊皮紙を取り出し、僕たちの前に差し出した。文字が描かれている。

土―十一の法―一つ―今―眼前に　ゆえに対価は七つ

「頭に叩き込むのじゃ。
一節目は属性指定節、
二節目は魔法番号、
三節目は修飾節《モディファイ》および個数の指定、

四節目は時間の指定、
五節目は位置の指定、
そして、最終節に代償となるマナの数の宣言。
この順で、お前たちが学んできた精霊言語を並べれば、魔法は発動する」
僕はこの世界に来てから最も集中していた。ゲルフの言葉を頭の中で反復し、記憶に刻み付ける。
「さきほどのものは一般的な呪文じゃ。その核となっておる単位魔法《ユニット》の説明をしよう。次にわしのする詠唱は、これじゃ」

土―十一の法　ゆえに対価は三つ

「ゆくぞ。――〝土―十一の法 ゆえに対価は三つ〟」

呪文はすぐに終わった。しばらく時間が経って、ぶちぶちぶち……、と草の根を断ち切る音が背後から聞こえた。僕は振り返る。僕たちから十歩くらい後ろに、土の壁が立ち上がっている。

ゲルフは肩をすくめる。

「これが単位魔法《ユニット》じゃ。第一節の属性、第二節の魔法番号、最終節の対価の宣言。これで完成する」

三節目から五節目を省略した分、対価が軽い……？

「単位魔法《ユニット》は見ての通り、発動の時間も、発動の場所も指定されていない。今回はたまたますぐじゃったが、しばらく発動しないこともある。場所も未確定。それでは不便じゃ。もっと願いを細かく、正確に精霊様に届けたい」

「だから……修飾節《モディファイ》があるんだ」とラフィアが言った。

「うむ。〝今〟と〝眼前に〟はいずれも修飾節《モディファイ》じゃ。これらを加えることで、詠唱後『ただちに』、『自分の体の真正面に』、魔法が発動する」

ゲルフはいったん言葉を切った。

僕はゲルフが両手に持つ二枚の羊皮紙を改めて見比べる。

土──十一の法　　　　ゆえに対価は三つ
土──十一の法──一つ──今──眼前に　ゆえに対価は七つ

「三節目の『一つ』に大きな意味はない。〝今〟そして〝眼前に〟がそれぞれ二つのマナを必要とする修飾節《モディファイ》と考えれば──」

その瞬間、僕の頭の中ですべてがつながった。

「単位魔法《ユニット》『土の十一番』の対価が三。……で、〝今〟と〝眼前に〟の対価が二」

「うむ」

「三＋二＋二だから、七マナ？」

「正しい」

魔法という単語のミステリアスなイメージは既にない。二年前、ゲルフに魔法書をもらったあのときから、この世界の魔法呪文が味気ないことは知っていた。

「つまり、魔法の詠唱は数字を用いた計算——算数が必要になる」

この世界の呪文とは『なにを』『いつ』『どこに』に加えて、『お値段』だった。

魔法なんかじゃない、と思う。ただの命令。

たしかに、魔法の発動には算術が必要だ。一回の詠唱はおよそ二秒。目まぐるしく変化する状況に対応する単位魔法《ユニット》と修飾節《モディファイ》を選び、呪文を組み立て、その対価を間違いなく宣言しなければならない。

こういうの僕は苦手じゃないと思う。

「そして、『十七の原則』を忘れてはならない」

……忘れてた。教えられていた魔法の性質はもう一つある。それが、『十七の原則』——って、まさか。

「一度の詠唱で使う消費マナの合計は十七マナ以内にしなければならない、という大原則じゃ」

納得した。リームネイル語には十七までの数字しかない。精霊言語の数字も十七までしかないのだろう。十八以上の対価の魔法は呪文を完結させることができない、ってわけか。

「今のお前たちは、精霊言語を発音でき、単位魔法《ユニット》と修飾節《モディファイ》の対価を記憶しておる。そして今、魔法の発動のために必要な語順を理解した。魔法の基礎をお前たちは身に着けたと胸を張ってよい。

——これにて、わしの『教え』を全て修了とする。みな、よくついてきたな」

ゲルフはかすかに表情をほころばせて、再び引き締めた。

「まもなく日が落ち、本番の『儀式』が始まる。その前に、お前たちの三年間の成果を教え役たるこのわしが見極める。それがこれから行う『試し』じゃ」

『九歳の儀式』は儀礼的なものだ。その前段階として、実際に魔法を唱えることができるかどうかテストする『試し』を受けなければならない。――つまり、この場で、僕たちはついに初めて魔法を唱える。これを突破してようやく僕たちは『儀式』に臨むことができる。

「早速、課題を発表しよう」

ゲルフの真剣な視線が僕たちを巡って、否応なく僕の心臓はペースを上げ始めた。

「お前たちには三つの呪文を唱えてもらう。まず、『今』『眼前に』を加えた単位《ユニット》魔法を一つ。さらに好きな修飾節《モディファイ》を一節加えてもう一度。最後に、自由に精霊言語を組み合わせ、対価が十となるような呪文を唱えよ」

簡単じゃないか、と内心の僕は笑う。

けれど、喉はカラカラで、手のひらはじっとりと汗がにじんでいた。体は正直だ。

「さて、だれからじゃ？」

戸惑いを吹き消すように――僕は手を上げた。

「タカハ」とゲルフが言う。「……やってみせよ。呪文は？」

「はい。僕は『火の一番』に『今』と『眼前に』の修飾節《モディファイ》を追加します。対価は七です」

「よかろう。回路《バス》を開き、正しい順序で唱えよ。……みな、少し下がりなさい」

同い年の輪から僕は一歩踏み出す。そうして見上げるゲルフの身体は、大きな影のようだ。この九年間の記憶が走馬燈《そうまとう》のように蘇ってくる。そのほとんどは、季節に彩られた『お手伝い』の記憶ばかりだ。さかのぼっていく。僕の視点はどんどん小さくなって、そして——転生直後。

『——お主は、魔法使いになるか？』

しわがれたその声を僕は本当に聞いたような気がした。

周囲のマナを知覚する。僕には、マナが光の粒であるように感覚できる。触れられない光の粒が僕の視界いっぱいに散らばっていた。

マナの存在を知覚しながら精霊言語を唱えることで、言葉は魔法に生まれ変わる。

息を吸い込む。

『対訳』のスイッチを切り替え、精霊言語のモードへ。

……さあ、行こう。

「〝火——〟」

単位《ユニット》呪文は小火球を生み出す『火の一番《フレイムボール》』。

「〝一の法——〟」

単語を重ねるたびに、波紋のように、僕の周囲のマナが動く。

時間を指定する修飾節《モディファイ》、「〝今——〟」

場所を指定する修飾節《モディファイ》、「〝眼前に——〟」

マナが視界を踊《おど》る。僕を中心に、渦《うず》を巻くように。なにかに期待をするかのように。

僕は最後の一節にたどり着いた。「〝ゆえに対価は　七〟」

――その瞬間。

僕の周囲を飛び回っていた光の粒のうち七つが、ものすごい勢いで僕の身体にぶつかってくる。

心臓のすぐ横のあたりをかすめたマナは、たしかに僕の身体を貫通して――火の精霊様のもとへ。

「…………あ」

目の前。

瞬きの間に――ぼぅ、と熱を放つ火の玉が出現している。

人間の頭の大きさのその火の玉は、僕が掲げた両手の間で、じっと宙の一点に静止していた。現実の熱と、現実の光を放つ火の玉が、たしかに僕の身体のすぐ前にある。僕のたった六節の言葉が呼び寄せたのだ。

どこかぼんやりした気分のまま、課題に従ってさらに二つの呪文を唱え、どちらにも成功する。

僕は魔法使いになった。

あっけなかった。笑えるほどに。

けれど、巣立った直後のひな鳥が空中で戸惑うみたいに、その実感を僕は持て余していた。

「よくやった。……お前は今日から、魔法使いじゃ」とゲルフが言った。

プロパとマルムが緊張しながらも、問題なく『試し』をクリアしていく。

『試し』はラフィアを残すのみとなった。

「ラフィア、お前の回路《パス》は十七秒あたり十四マナ。呪文はそれ以下とすること」

「はい」

「では、一つ目の詠唱を始めよ」

「わたしは『風の二番』の単位《ユニット》魔法に、修飾節《モディファイ》の『今』と『眼前に』を加えます」

「合計は」

「七です」

「よい」

ラフィアは目を閉じ、胸に手を当て、深呼吸を数回繰り返した。その様子を僕はゲルフの後ろから見ている。

そのときの僕は——自分が初めて魔法を唱えたときよりもはるかに緊張していた。

魔法にはリスクがある。精霊言語の発音を間違えたり、対価の計算を間違えれば、精霊様が魔法使いに噛みつき、回路《パス》を削られてしまう。ラフィアの場合、一度でも削られてしまえば終わりだ。そのくらい彼女の回路《パス》は細い。——ムリだ。内心の僕がはっきりとそう言った。半年前の時点でラフィアはたったの十個しか単語を使えなかった。風の訛りだと『眼前に』の発音はとくに難しいし、『七』の発音は『五』にひどく似ている。その違いをはっきり表現できなければ——

僕は素早くゲルフの方を見た。

そして、同じように狼狽《ろうばい》した二人の子どもと目が合う。プロパとマルムもまた、ラフィアが精霊言語を唱えるのが苦手なことは知っているのだ。それでもここまで何も言わなかったのは、ゲルフが何らかの措置を講じると思っていたからだろう。家族である僕だって、そう思っていたのだから。

すぅ、とラフィアの桜色の唇が空気を吸い込んだ。

「〝風―二の法―〟」

僕たち三人は完全に身動きを止めた。

ラフィアが紡ぐ精霊言語は――完璧だった。

「〝―今―眼前に〟」

目を閉じたまま、ラフィアは詠唱している。魔法の予感に周囲のマナが揺れる。

「〝ゆえに対価は　七〟」

難しい『眼前に』も『七』の発音も危なげなくクリアし、ラフィアは最終節を宣言した。

ラフィアのティーガの裾がかすかに揺れる。その風はすぐに少女を背後から吹き飛ばすような突風に成長した。『風の二番《ヘビィウインド》』。僕たちの方にも吹き付けてくる。

やがて風が収束すると――ラフィアは堂々とその場に立っていた。ベージュ色の髪も、新しく仕立ててもらったティーガも、台風に放り込まれた後みたいに乱れているけれど、それでも少女から魔女になったラフィアは真っすぐな視線でゲルフを見つめている。老魔法使いは強く頷き返した。

「さあ、次の魔法はどうする？」

「さっきの呪文に『回り込む』の修飾節《モディファイ》を加えます。対価は十です」

「いいじゃろう」

「〝風―二の法―回り込む一つ―今―眼前に　ゆえに対価は　十〟」

よどみない詠唱に、風の精霊が応える。

ラフィアが呼び出した突風は、今度はぐにゃりと歪《ゆが》められて、僕たちを迂回して通りすぎていく。

「最後の呪文は、『風の八番』に『今』と『眼前に』の修飾節《モディファイ》を追加して、十マナにします」

「よい」

「〝風―八の法―今―眼前に　ゆえに対価は十〟」

こちらから見るラフィアのシルエットが揺らぐ。『風の八番《ストームエッジ》』は空気圧の断層による切断面を作り出す中級の単位魔法《ユニット》だ。一拍の間を置いて、ラフィアは風の刃を空に解き放った。橙《だいだい》から藍色《あいいろ》に移り変わろうとしている空にラフィアの魔法が解けて、消えていった。

「よくやった。ラフィア。……お前は今日、ピータ村の魔女になった」

ゲルフは幸せそうな笑顔と口調で言った。

「ラフィア……！」

大親友のマルムが兎人《ラビテ》族の少女に飛びかかるみたいに抱きついた。「緊張した～」とため息をついていたラフィアが目を白黒させている。

「すごいぞ！　本当にすごい！」プロパも流星群を見た子どものようにはしゃぎまわっている。

ゆっくりとラフィアに近づいたゲルフが、そのベージュ色の髪を優しい手つきで撫でた。ラフィアは嬉しそうに目を細める。

僕だけがただ一人――その場に立ち尽くしていた。

「……なんで」

唇から言葉がこぼれ落ちる。

半年前、ラフィアはたしかに、たった十個の単語しか発音することができなかった。あのときだって必死に練習していたのに、だ。しかも、あの頃のラフィアはできるようになったはずの単語だってときどき間違えていたし、舌足らずな感じだった。ラフィアがもつ魔法使いとしての『数字』は、壊滅的なまでに小さかった。

でも、さっきの発音は完璧だった。だれがどう聞いても文句のつけようがないほどに――

「――やりたいことがあるから、がんばったの」

びくり、と僕の肩は震える。

すぐ目の前に、ラフィアの大きな青い瞳と照れたような笑みがあった。

「タカハがいっぱい聞かせてくれたから、音は覚えてて……。あとはそれを言えるようになるまで練習するだけでよかったから……だから、ご飯を作るのがときどき遅れちゃって、ごめんね」

……ラフィアは諦めてなんかいなかったのだ。ずっと、どこかで発音を練習していたのだろう。

「そんなのどうだっていいよ」

ぶっきらぼうな口調になる。

わけの分からない感情が、僕の胸の底でぐるぐると回っていた。

「本番の『儀式』が終わったら、タカハに聞いてほしいことがあるんだ」

ラフィアは相変わらずの間の抜けた笑顔で言った。「わたしが魔女になったら、やりたいことの話」

僕は顔を背ける。

「まあ……聞いてあげるくらいならね」

なにがおかしいのか、ラフィアは「ふふっ」と笑った。


日が完全に落ちて、儀式場にピータ村の魔法使いたちが集まってきた。

一つ歳が上の子どもたちからソフィばあちゃんの世代まで、総勢六十人に届くだろうか。誰一人欠けることはない、とゲルフは言っていた。全員、普段着であるティーガの上からローブを羽織っている。ソフィばあちゃん世代の人たちはゲルフと同じとんがり帽子をかぶっていた。

時間の無駄だ、と思う。『九歳の儀式』は儀礼的な儀式だ。もう僕たち四人は全員魔法使いになっているのだから、村長にその事実を報告するだけでいい。そっちの方が合理的だ。

「タカハ」

ラフィアが僕の脇腹をちょんとつついてから言った。「顔、真っ青だよ?」

「そ、そんなわけないじゃん……!」

無駄な儀式だ。本当に意味のない儀式だ。なんでこんなたくさんの人間の前で魔法を披露しなくちゃいけないんだよ。

「……緊張――?」と眠そうな目のねこみみ少女がからかってくる。

「ふん、オレは緊張などしないぞ」歩き出したプロパは右手と右足が同時に出ている。僕たちは一斉に吹き出した。プロパが顔を真っ赤にして怒っているけど、全然怖くない。

本当に無駄で合理的じゃない儀式だけど、そのときの僕は、信じられないくらい晴れやかな気持ちだった。僕たちは——今日、ピータ村の魔法使いになるのだ。

二つの月が四人の子どもたちを見下ろしていた。

「……ゆくぞ」

黒いローブ姿のゲルフに導かれて、僕たちは一段高い壇に上る。無数の視線が一斉に僕たちに注がれるのを感じる。僕たちは一列に並んで、そのときを待つ。

口を開いたのはゲルフだった。

「七柱の精霊よ。今は幼き人の子に、どうか導きの手を」

「「「「七柱の精霊よ。今は幼き人の子に、どうか導きの手を」」」」

魔法使いたちの追唱は地面を揺らすかのようだ。

「タカハ」

「……はい」

壇の上で一歩前に進み出る。からからに乾いた唇を湿らせ、僕は呪文を詠唱した。

「〝火——一の法——〟」

僕が燦然《さんぜん》と輝く火の玉を生み出し、プロパは天の川のような霧のベールを呼んだ。マルムは大地の壁を起こす。そのたびに、ピータ村の魔法使いたちから歓声が飛ぶ。声に温度があるのだとしたら、それは僕が今まで感じたこともないほどに温かい声援だった。

「——ラフィア」

「はい」

村人たちの声援がこれまでで一番大きくなった。

ラフィアは村人たちに向けた笑顔を消し、かすかに息を吸い込むと、詠唱を始めた。

「――〝風―二の法―一つ〟」

『風の二番《ヘビィウィンド》』はさっきも唱えていた風属性のの軽量呪文だ。無難な選択。だから、失敗はありえないと僕は安心する。

マルムが息を殺してラフィアを見ている。

「〝―今〟」

プロパもラフィアを見ていた。

「〝―眼前に〟」

目を閉じたまま、ラフィアは詠唱する。魔法の予感に周囲のマナがラフィアの周りを踊り始めた。夜の森を背景に、光の粒が少女を祝福する。ラフィアは指揮者だ。美しい声でマナを操る指揮者だった。僕はその演奏に聞き入る。もうすぐ、ラフィアは魔女になる。

聞いてみたい、と僕は思った。

僕は聞かなければならない、と思った。ラフィアはどうしてそんなに頑張れたのか。この詠唱が終わったら、ラフィアは話してくれる。その話を聞いても、僕になんのプラスもないことはよく分かっていた。でも、まあ、話を聞くくらいなら、少しの時間を分けるくらいなら、いいだろう。

僕はラフィアを見る。目を閉じて、歌うように詠唱をする少女の姿を――

——その瞬間、僕の全身に鳥肌が立った。

視界の端、僕たちの上った壇のそばにあってはならないものが映り込んだのだ。

瞳。

イキモノの、目だった。

猪のように野蛮で、痩せ犬のように血走った、一対の瞳。かがり火の光を反射し、ぎらつく残光を引いたその瞳は——いつか、ピータ村の小道に現れた脱走奴隷のものだった。

「〝ゆえに〟」

スローモーションのようにゆっくり流れる世界の中で、ラフィアの詠唱だけが、時間を刻む。

「〝対価は——〟」

「——ッ!!」

僕に動ける時間はなかった。

がさっ！　と大きな音とともに、脱走奴隷が茂みから飛び出す。

茂みの草を全身につけた肉体は痩せこけ、ボロ布のようになったティーガはまるで皮膚のように身体に貼りついている。脱走奴隷は追跡者に怯えるように背後を振り返りながら、見た目からは想像も付かないスピードで、僕たちの『儀式』の場を横切った。

「ひぃぃぃッ！　いいいぃぃいいッ！」

その奇声は、金属を引っかいたような不気味な音。僕だって耳を覆いたくなるような、おぞましい声。僕やマルムやプロパはもちろん、大人たちですらあまりの出来事に反応できなかった。

けれど、——彼女だけは違う。

「ッ！！？」

兎人族《ラビテ》のラフィアは音に敏感だ。ベージュ色の耳に生えた毛がびくりと逆立ち——呪文の詠唱が止まる。ラフィアの青い瞳が脱走奴隷の背中を凝視している。その姿勢から、ラフィアはぴくりとも動かない。動けない。

「ラフィア、落ち着きなさい」とゲルフは早口で言う。

呪文の詠唱に失敗した魔法使いには精霊様が噛みつく。

けれど、まだ時間はあるはずだ。この場を取り仕切るゲルフは冷静だった。「あと一節を唱えれば完成する。呪文の合計は七マナ。ゆえに精霊言語で七と続ければよい。発音は〝七〟。できるな？」

だが、——ラフィアは最後の一節を、言わない。

青い大きな瞳が宙の一点に釘づけになった。

ざわざわとマナが渦巻き始める。急かすように、そして、脅すように——

「ラフィア!!」とゲルフが鋭い声を発した。

次の瞬間——兎人族《ラビテ》の少女は悲鳴を上げた。

僕には視えた。マナが自分勝手に動いて、ラフィアの小さな体にぶつかり、貫通していく。七つのマナがラフィアの身体の中で何かを蹂躙《じゅうりん》し、破壊しながら、加速していく。細い回路《パス》を外れた光の粒がラフィアの体内で滅茶苦茶に暴れているのが手に取るように分かる。

ほんの数秒だった。

荒れ狂う流れが過ぎ、周囲のマナは嵐の後のように穏やかだ。

——どさり、と麻袋を投げつけたような音。

ラフィアが壇の上でに倒れていた。その額には汗がびっしりと張りついている。

「みな、手を貸してくれ！」とゲルフが叫んだ。マルムがラフィアを抱き起こし、ゲルフはものすごい勢いで呪文の詠唱を始める。僕はそれをただ呆然と見ている。周囲のすべてが僕の心の表層を通り過ぎていく。

あの脱走奴隷が、ラフィアの回路《パス》を、破壊した。

ラフィアの未来を、破壊した。

「ご飯もうすぐできるから！」「タカハは魔法使いになったらどうしたい？」「また精霊言語を聞かせてね」「ひ、秘密なの！」「でも、そのためには強い魔女にならないといけないんだけど」「タカハに聞いてほしいことがあるんだ」「——わたしが魔女になったら、やりたいことの話」

ラフィアのこれまでの努力が一瞬で粉砕された。

ラフィアのこれからの未来が一瞬で蹂躙《じゅうりん》された。

——脱走奴隷、なんかに。

「狩猟団はあいつを追うぞ！」

団長のガーツさんの命令に、僕は我に返った。

僕はたいまつを一本掴むと、脱走奴隷が逃げた森の中へ駆け出した。狩猟団の大人たちが扇状《おうぎじょう》に広がっていく。僕は第六感に従って獣道の一本を選ぶと、疾走した。

「タカハッ！」とプロパの声。さらに足音が続く。僕はそれを無視する。枝の間をすりぬけ、枯れ葉を巻き上げながら走り抜ける。たいまつの明かりが照らす夜の森は狼《おおかみ》の群れのように不気味で恐ろしいはずだった。けれど今の僕は森に対する恐怖を少しも感じない。両方のこめかみのあたりに熱の塊《かたまり》がある。歯を食いしばっていないとその塊が爆発してしまいそうになる。

「待てよッ！　どうするんだ！　タカハ!!」

「――プロパ」

足を止めた。どん、と背中に衝撃が走る。僕は頭だけで振り返った。至近距離にある妖精種《エルフ》の少年の顔は、なにかに怯えている。

「ついてくるなら――邪魔だけはしないで」

僕は全力疾走を再開した。プロパの足音は……一秒くらい遅れて続いてくる。僕はプロパのことを忘却した。同時に、僕の耳はかすかな音を聞きつけた。――当たりだ。

徐々に前を走る音が近づいてくる。向こうは暗闇を進むための明かりがない。枝や葉に次々とぶつかっているようだ。僕の追跡にも当然気づいているだろう。そのせいで焦っているのかもしれない。

前を行く脱走奴隷の足音が、ふいに消えた。

――と思ったときには、僕は森のなかの少し開けた空間に飛び出していた。

たいまつの明かりが照らし上げるのは直径約二十歩の空間。僕は脱走奴隷のみすぼらしい身体を視界に捉えた。次の瞬間、聞こえた。

「〝水――六の法――〟……！」

精霊言語——つまり、魔法の詠唱。

僕が持つたいまつの明かりが、ぎらつく瞳に反射する。森の広場で僕を待ち受けていた脱走奴隷は、ぞっとするほどに気味の悪い笑顔を血色の悪い顔面に貼りつけている。追跡者である僕が子どもであることに気付いたのだろう。魔法を使えば勝てると確信しているのだ。

その勘違いを訂正してやる。

僕はもう子どもじゃない。魔法使いだ。

「〝——今——眼前に　ゆえに対価は十〟ッ！」

『水の六番《アイスランス》』は氷の槍を生み出す単位魔法《ユニット》だ。脱走奴隷のすぐ近くに、九歳の僕の身長ほどの長さの氷の槍《アイスランス》が一瞬で形成される。僕と敵の距離は二十歩。スピードはどのくらいだろう。分からないけど、動き出したのを見てから避ける。間に合うはずだ。

物理法則を無視した不気味な加速で、氷の槍《アイスランス》が僕に向かってきた。

「…………え？」と間の抜けた声が真後ろから聞こえたのは、そのとき。

プロパだった。

「避けろ!!」

プロパはその射線上から動かない。

僕はたいまつを放り出し、プロパに飛びついた。

「ぐぅ……ッ」

冷たい痛みが僕の右腕を深く切り裂いた。鋭い氷の穂先だ。氷の槍《アイスランス》は僕のティーガを引っかけて、そのまま木にぶつかるまで直進した。僕の身体は森の地面に引き倒される。枯れ葉に顔から突っこんで、視界を奪われる。僕は右腕の絶望的な痛みに歯を食いしばりながら、地面を転がってなんとか視界を確保した。

「〝水──六の法──一つ──今──眼前に〟」

脱走奴隷の詠唱だ。

「プロパッ！　反撃をッ！」

僕は身体を起こしながら叫んだ。だが、応える詠唱はない。僕は舌打ちをする。

「〝ゆえに対価は十〟」

詠唱の終わりと、脱走奴隷の視線を見て、僕は地面を転がる。一瞬前まで僕が立っていた地点に氷の槍《アイスランス》が突き刺さった。背筋が凍えたのは、それが放つ冷気のせいではない。体勢が悪かったせいで、ほんとうにギリギリだった。

けれど、ようやくこれで反撃できる。

敵が見えて、言葉を使うことができれば、魔法は放てるのだから。

「〝水──六の法──一つ──今──眼前に　ゆえに対価は十〟……！」脱走奴隷と、

「〝火──一の法──回り込む一つ──今──眼前に　ゆえに対価は十一〟！」僕の詠唱は同時。

学習能力のない脱走奴隷は、ふたたび『水の六番《アイスランス》』を展開。

対する僕は軌道をねじ曲げた『火の一番《フレイムボール》』を選択した。

僕の身体の正面に、大人の頭の大きさの火球が出現する。僕はそれを斜め方向に放った。小火球《フレイムボール》はまるで矢のように疾走する。空中で氷の槍《アイスランス》とすれ違った小火球《フレイムボール》は、空中でぐにゃりと軌道を変え、脱走奴隷の胸に真正面から直撃した。

「ぎいあああああああッ！」

対する僕は問題なく氷の槍《アイスランス》を回避。

炎にくるまれた脱走奴隷はのたうちまわってそれを消そうとしている。汚いティーガは焼け焦げ、さらに炎を増していく。無様で、哀れで、醜い姿だ。どくり、とこめかみのあたりが拍動《はくどう》する音が聞こえた。僕は——さらに詠唱をした。

「〝火——一の法——一つ——〟」

「お、おいッ！　タカハ！」

プロパが僕の前に立った。

……邪魔だな、と思う。

「〝今——眼前に　ゆえに対価は七つ〟」

小火球《フレイムボール》が夜の森と、プロパの青い瞳と、地面を転げまわる脱走奴隷を照らし上げる。一秒後——小火球は脱走奴隷に向かって加速した。アーチェリーみたいだった。遠ざかっていく小火球は僕のイメージ通りに脱走奴隷の身体に着弾し、爆炎を押し広げた。

「あああああああッ！」

脱走奴隷は激しく地面を転がる。さらに無様に地面を転げまわる。

「やめて！　やめてくれえええええッ！　あああああッ！　熱い！　熱いよ！　ああああああああッ！」

ちぎられたかのように痛む右腕を左腕の手のひらで押さえ込む。心臓が拍動するたびに、ぞっとするほどの血が、熱が、感情が、あふれてくる。

さらに詠唱をしようとした——そのときだった。

「——そこまでだ」

声とともに僕の肩に腕が置かれた。鎧に包まれた腕をたどって見ると、鞘に収められたミスリルの輝きが見えた。そして、緑のコート。騎士、様……？

「また会ったな。少年」

そう言って僕を見ていたのはいつかの騎士だった。犬人族《ドグア》の騎士は「あとは私に任せろ」と言って、脱走奴隷に近づいていく。

「〝水—十二の法—一つ—今—眼前に　ゆえに対価は十〟」

呪文は大水球《アクアスフィア》。騎士の身長ほどもある巨大な水の塊が脱走奴隷の身体を焼いていた炎を押しつぶした。脱走奴隷はすでに意識を失っている。騎士は脱走奴隷に手際よく猿ぐつわをかませた。

「……タカハ。オレ……」

見ると、プロパが俯いている。

「なに？」

「邪魔した……。タカハのこと」

プロパはまるで叱られた子犬のように、それ以上なにも言わない。

「そこの君、このたいまつを持っていなさい」

意図しているのか分からないが、明るい口調で騎士が言った。犬人族《ドグア》の騎士はプロパにたいまつを握らせる。そして、有無を言わせず僕の右腕を掴んだ。気絶しそうなほどの痛みが走る。

「あと少しだ。我慢しろよ」

騎士は僕のティーガをナイフで切り裂くと、切れ端で僕の右腕の付け根をきつく縛った。プロパが持つたいまつの明かりに照らされて、自分の右腕はぞっとするほどの赤に染まっている。意識が薄くなって、全身が凍えているような感じがすることに、僕はようやく気付いた。

「深いが、このくらいなら九番のほうがいいだろうな……。〝水―九の法―一つ―今―眼前に　ゆえに対価は十二〟」

傷口に指を突っ込まれているのに痛みがない――そんな、不思議な感覚がした。うぞうぞと腕を構成する身体の部品が勝手に動く。筋肉が、血管が、互いに手を伸ばしてつながろうとしているようだった。

「――さて」

その時間が五秒ほど続き、ざっくりとした傷跡は残っていたものの、血は完全に止まっていた。

立ち上がった騎士が僕とプロパを見る。

「なぜ、君たちがこいつと戦っていた？」

ボロ雑巾《ぞうきん》のように転がる脱走奴隷を騎士は指差している。

プロパが答えた。「……騎士様。この奴隷は、ピータ村の『九歳の儀式』を邪魔したんです」

騎士の瞳が大きく見開かれる。「だれか失敗したのか？」

「彼のお姉さんが」

「……なんということだ……」

騎士は表情を歪める。悲痛な表情のまま騎士は僕とプロパの肩に手を置いた。

「忘れてはならないことがある。お前たちは奴隷だ。そして、奴隷が魔法を用いて他の奴隷を傷つけることは重罪だ。脱走奴隷であってもそれは変わらない。だが……今回は、私が戦った。お前たちはたまたま居合わせただけで、加勢もしていない。いいな？」

「はい。えっと――この奴隷をつかまえたのは騎士さまです」とプロパが答える。

「それでいい。では、彼を連れていってあげなさい。姉のもとへ」

――あ。

ラフィア。

ラフィアは今どうしている。

僕はピータ村へ向けて、森のなかへ飛び込んだ。

「き、騎士さま、失礼します！」プロパの声は慌てている。

「気をつけて行け」

背中からの声は、マナみたいに、僕を貫通して通り過ぎていった。


壇の上では、ゲルフがラフィアのすぐ脇に立って、一心不乱に呪文を詠唱していた。それに続くように、村の大人たちが魔法を唱える。呪文はどれも似ていて、羽虫の大群の中にいるみたいだ。ゲルフ一人のときとは比べものにならないくらいのマナがあたりから失われていくのを僕は感じている。

「タカハ！　……ケガ！」

マルムが僕の腕を掴んだ。

「大丈夫。騎士様に治してもらったから」

「いいから。座って。……深い……。血は止まってるみたいだけれど……。包帯《ほうたい》を持ってくる」

マルムがふたたびピータ村の中心の方へ駆け出していく。

「くそ……ラフィア……そんな……」と、足元で泣きじゃくるプロパに僕はイラつく。

僕は大人たちの輪を見た。大人たちの魔法は邪教の儀式のようにいつまでも続いた。

どれくらいの時間そうしていただろう。マルムが僕の腕に包帯を巻いてくれる間も僕はじっとラフィアがいるはずの場所を見ていた。プロパの言葉も、マルムの手当ても、僕の意識には届かない。

やがて、大人たちの輪がゆっくりと崩れる。

みんなが声をかけてくれた。

「…………」プロパのお母さんの声は柔らかい。

プロパは俯いたまま、なにかを言った。「………」

「……？　…………」

マルムのお父さんは、反応がないことに気付くと、僕の肩に優しく手をおいてから、マルムの手をとって村の方へ帰っていく。

「…………ッ」マルムが言った。

僕は、輪の中心へ歩く。

「…………」狩猟団長のガーツさん。

「……」ソフィばあちゃん。

何人も通りすぎて。

僕は寝かされたラフィアのすぐそばに立っていた。

「――……タカハ」

弱々しい声で僕の名前を呼んで、ラフィアは微笑んだ。額には汗に濡れたベージュ色の髪が貼りついている。うさみみは力なく地面に投げ出されていた。

「魔法は……ダメみたい」

絶望の呟きが聞こえて――世界がガラガラと崩壊していくもっと大きな音を僕は幻聴した。

「もう、マナがね……視えないの」

ラフィアは透き通った青い瞳で、二つの月を見上げて、そう言った。マナが視えることは回路《パス》の存在証明だ。光の粒が一つ、ラフィアのすぐ近くにある。僕には回路《パス》があるから、すぐに分かった。

「ここだよ、ラフィア。ねえ、分かるでしょ?」

僕は少女の手をとって、その位置まで運んだ。「ラフィアの手のひらの真下に一つ――」

ふるふる、と少女は首を横に振る。湖のようなラフィアの瞳が次第に光の粒に埋もれていく。

「……わた、し……強い、魔女になって……タカハの、手伝いをしたかったんだ……」

世界が音を失った。

僕の、手伝い、だって――？

「奴隷の人たちが……悲しまない……脱走しなくても、いい……タカハが、王様の国……」

僕が忘れていたその言葉を、ラフィアはまるで大切な思い出のように、言う。

――瞬間、胸の底にあった名前のない感情が炸裂した。

「ワケ分かんないんだよ！　なんだよそれ⁉　ふざけんな！　だって僕は――ッ！」

感情のままに叫ぶ。

「だって僕は！　ラフィアのことをずっと面倒だって思ってたんだ！　分かるだろ⁉　君には魔法の才能が無いって！　魔法が苦手だから価値はないって決めつけて！　無視して！　馬鹿にして！　なんでそんな僕のためだなんて言えるんだよ⁉」

瞬間、僕の目の前が真っ暗になった。

――前世の家族が僕にしたのとまったく同じことを、僕はラフィアにしていたんだ。

最強の魔法使いになれると驕《おご》って、それ以外の全てを切り捨てる僕の思考回路は、まるっきり、あいつらと同じじゃないか。

「だって……わたし、お姉ちゃんだから」

ラフィアは泣きながら、無理やりの笑顔を作った。

「タカハがずっとがんばってたの……知ってたよ……。お手伝いが大変なのも、魔法の本をおぼえようとしてたのも、知ってた……。だから、わたし……タカハのやりたいこと、手伝い、たかった、のに……ぃ……」

うわああ、とラフィアが泣いた。九歳の女の子なら当然だと思えるくらい、感情を表に出して。

視界ががくんと下がって、僕は自分が崩れ落ちたことを知った。

ずっとそうだったんだ。

最初から最後まで、ラフィアは『家族のために』なんていうバカみたいな理由で行動していたんだ。だから、僕に精一杯の笑顔を向けていた。だから、明るい話題を投げかけようとしていた。家族のためにご飯を作って、家族のために洗濯をして、自分の精霊言語の練習は僕の邪魔にならないように陰でこっそりやって――!

マナがラフィアの手のひらから泳ぎ出て、どこかへゆっくりと飛んで行く。

ラフィアが鼻をすするかすかな音だけがいつまでも聞こえる。

「っざけんなよ……ッ」

僕の声はかすれていた。

ゲルフが地面を殴りつける鈍い音がそれに続いた。

第五章：「——わたしも、知りたい」と兎人族《ラビテ》の少女は目を開ける。

僕は目を開けた。

天井が見える。両目の奥のあたりに疲労感。怪我《けが》をした右腕には違和感と痛みが残っている。

僕は目を閉じる。

九歳の儀式。輝かしい儀式は、憎しみと悲しみばかりが溢れた呪いの時間に変わってしまった。

ふいに、毛布の中に別の温もりがあることに僕は気付く。

「……ッ」

温もりの正体はラフィアだった。僕のティーガの裾をしっかり掴むようにして、目元を真っ赤に腫らして、それでも安らかな表情で、眠っている。顔にかかった柔らかいベージュ色の髪に僕は手を伸ばす。くすぐったい手触りが跳ね返ってきた。

僕は感情を押し殺して、毛布からそっと抜け出した。

階段を下りたところで精一杯だった。家の柱の一つを思い切り殴りつける。

ラフィアはもう魔法使いになれない。詠唱に失敗し、暴走したマナによってずたずたに引き裂かれたラフィアの回路《バス》が成長することはない。

「…………ん？」

テーブルの上に羊皮紙が二枚、並べて置かれていた。

僕はゆっくりと近づき、手に取って読む。

『数日、家を空ける。　――ゲルフ』

『タカハ　以下の単位魔法《ユニット》を繰り返し唱え、その性質を熟知せよ。

火　一番、三番、十番
土　二番、十一番
対価が分からねば、ソフィに訊ねよ。

水汲み、獣の毛皮運び、武具の手入れはタカハに任せるよう狩猟団に言いつけた。

毎日これらをこなすこと』

「…………」

どくり、どくり、と音がする。こめかみのあたりに生まれた熱は、すぐに爆発しそうになった。

「ゲルフはなに考えてるんだ⁉」

僕は拳ごと羊皮紙をテーブルに叩きつける。

ゲルフは、――少なくともゲルフだけは、ラフィアのことを家族の一員として大切にしてたんじゃなかったのか。ラフィアの今日の目覚めは、ひどく辛いものになるだろう。ラフィアと少し話してから出ていくことだってできるはずだ。この状況で他に優先される用事ってなんなんだよ――？

「…………ッ」

僕は、強く首を横に振る。

見えないなにかに背中を押されるように、靴を履いて自分の家を飛び出した。朝露に覆われたピータ村の遠景が、涙に濡れたラフィアの睫毛を連想させて、僕は足を速めた。

お隣といっても五十メートルほどの距離を歩き、ゲルフの家よりも二周り小さい木組みの家にたどり着く。朝一番だというのに、煙突からは煙が上がっていた。

「ソフィばあちゃん」ノックする。

「……開いてるよ。お入り」

中からくぐもった声が聞こえて、僕は使い込まれた木製の扉を引いた。

目の前には、ソフィばあちゃんの商売道具である機織り道具がどん、と存在感を主張している。その向こうの炊事場で、真っ白な老婆がゆっくりと鍋をかきまわしていた。こちらを振り返ったソフィばあちゃんは一瞬でニコニコとした笑顔になる。

「おやおや。だれかと思ったらタカハじゃないか。珍しいねえ。どうしたんだい?」

僕は無言のまま炊事場に近づく。

穏やかに調節された薪の火力の上で、金属製の鍋が煮立てられている。中身は、どろっとした黄色いペースト状のものだった。甘ったるい香りがする。

ソフィばあちゃんは目を瞬かせて僕を見ていた。

「ばあちゃん、家事を教えてほしいんだ」

「……家事?」

「いつもラフィアがやってくれてるから。今日は代わってあげようと思って。……掃除くらいはできるけど、料理が分からないから、簡単なやつの作り方を教えてほしい。あと、ばあちゃんの暇な時間に洗濯も教えて」

「…………ふむ」

ばあちゃんは一つ息をついてから、すっと笑顔を引っ込めた。

「タカハ、少しだけ待っててくれるかい？　――大事な話がある」

獣の頭を落とす斧のようなその口調に、僕は従うことにした。

機織り機のそばの丸太に腰を下ろす。

ソフィばあちゃんは無言のまま、せっせと料理を進めた。ペースト状のものを味見してから、目の粗い布でそれを濾《こ》していく。受け皿は深く削られた木製の容器だ。そこに流し込まれたペーストはどこかぷるんとした弾力を持っていて――僕はそこでようやく気付いた。イエナの実の潰し餅。ソフィばあちゃんの得意料理の一つだった。

「待たせたね」

ソフィばあちゃんは機織り機の前に座った。黄金色の瞳が、まっすぐに僕を貫く。

「大事な話っていうのはラフィアのことだよ」

「ラフィア……？」

「ああ。タカハなら知っておくべきだと思ってね」

ソフィばあちゃんの表情は――やっぱり固い。

僕は唾を飲み込んだ。悪い話を連想するなという方が無理だ。

ラフィアは昨日『九歳の儀式』に失敗した。魔女になれなかった。――その、先。

「……ラフィアは、これからどうなるの？」

「魔女にはなれない。元の回路《パス》が細すぎて、『編み直し』も無理だった。今のラフィアの回路《パス》は十七秒あたり二マナだ」

「二マナって……」

「ひどく小さな呪文でも唱えられないね。そして、九歳の時点でこれほどの傷を負った回路《パス》が成長することはほんどない。ラフィアは、わたしや、ゲルフや、タカハと同じ魔法奴隷になることはできない。――ラフィアは肉体奴隷になる」

知らない言葉だった。

「肉体、奴隷？」

「ああ」

ばあちゃんの瞳の暗い部分に引きずり込まれる。そんな錯覚がした。

「ピータ村ではここ十年、出ないかったね……。ラフィアのように儀式に失敗してしまったり、生まれつき回路《パス》が少ない奴隷は肉体奴隷になる。十七歳で成人した後、わたしたちよりもさらにひどい待遇で肉体的な労働に従事させられるのさ」

「労働って、ピータ村で？」

「ピータ村で働くことはまずない。都に集められ、そこで管理をされ、仕事をする。男なら間違いなく労働だろうね。石材運びや材木の切り出しをひたすらにやらされる。……が、ラフィアは女の子だ。それも、珍しい兎人族《ラビテ》で、あの可愛らしさだからね……。少し事情は違うかもしれない」

そのまま、全身が真っ白の老魔女は視線を落とした。「こんなことになるなんてね……」

ソフィばあちゃんは結論を濁した。

『男なら』って言った？　じゃあ、女の子なら……？

脳裏を電流が走る。カチリと何かの推測が結論を結ぶ。僕たちは奴隷で、ラフィアも奴隷だ。少女であるラフィアは、しかも、『容姿』の数字に優れるラフィアは――

「――ッ！」

僕は不愉快な、それでいて妙に現実感の伴った想像を首を振って押し潰した。

「他の手は⁉」僕は必死に頭を回す。「そうだ！　誤魔化《ごまか》せばいいよ！　『ラフィアは魔法を使える』って誤魔化し続けるんだ！　村の人たちを説得して、大人になった後の招集は僕が全部肩代わりする。ほら、村の中で招集は家の単位だよね？　だから――」

「……無理だ」

「どうして⁉」

「昨日の騒動で、騎士ジーク様はラフィアが回路《パス》を失ったことを知っている」

「…………あ」

「情に篤《あつ》い騎士様だが、職務を曲げることはあり得ないよ。それを見逃すのは騎士団の価値に関わる。そこを見誤るお方じゃない」

「くそっ！　なんで！　……！　そうだ！　あの脱走奴隷に責任を取らせればいいんだ！　あんな

やつのせいでラフィアの未来が捻《ね》じ曲げられるなんて、おかしいじゃないか！」

ソフィばあちゃんはゆっくりと首を横に振った。

「脱走の時点で、あの奴隷の死罪は決まっている。その命ではなにも生み出すことができない」

「――ッ」

絶句する僕を置き去りに、ソフィばあちゃんはゆっくりと立ち上がると、ニコニコと笑った。

「タカハ、こっちへおいで。一番簡単なクロッカの実の塩茹《しおゆ》でを教えてあげよう」


塩茹で？　バカにすんなよばあちゃん――と思っていた僕は、数分もしないうちにその考えを撤回することになった。当たり前のことなんだけれど、薪の配置だけで火力の調整をしなければならない。これがひどく難しかったのだ。火が強すぎると、頑丈な殻がお湯の中でパカリと開いて、美味《おい》しい成分が逃げ出してしまう。火力を絶妙に調節するか、鍋を頻繁に火からおろさなければならなかった。なかなかの重労働だ。

「ラフィアは火加減が上手なのさ。だから、茹で上がるまで鍋を動かすことはないだろうねえ。

……茹で上がったらざるに移して、殻を割っていくよ。――」

「熱っ！」

「……殻の中にも汁があるから、上から押さえて割るようにね」

そんなこんなで、ライチの実のようなクロッカの実を十数個取り出すことに成功した。……成功？

「最後に、ほんの少し塩を」

ソフィばあちゃんは褐色の布袋から爪先ほどの岩塩を取り出し、まな板の上で布をかけ、木槌で潰した。粉々になった岩塩をそっとつまんで皿に振る。

鼻歌交じりの料理にはこんな苦労があったのだ。つまみをひねって火力を調節することはできないし、塩だって簡単に使えない。

「できたね。さあ、冷めないうちに持っていておあげ」

「……ばあちゃん」

「ん？」

「ラフィアを助けるにはどうすればいい？」

「――――」

ソフィばあちゃんが息を呑んだ。急かされるように僕は早口になる。

「だって滅茶苦茶じゃないか。騎士が厳しい税をかけた。だから隣村の奴隷が逃げ出した。長い逃走生活の中であの奴隷は頭がおかしくなってた。そいつにラフィアの魔法は奪われた。――これが理不尽じゃなくてなんだっていうのさ」

「驚いたねえ。家事をするって話もそうだけど、タカハがそんなことを言うなんて……」

ふと、思考を走らせる。

――あれ？

なんだ、これ。

自分が自分じゃないみたいだ。ふだんの僕だったら、『ラフィアを助ける』なんて思いもしないだろう。ラフィアは家族というタグをつけられた他人に過ぎない。彼女の未来がどうであったとしても、僕の人生に何の影響もないはずで――

「それならタカハ、大魔法使いを目指すんだ」

「大魔法使い？　どうして？」

「優れた魔法を身につけ、招集の戦場で活躍をした魔法使いには、公爵様から二つ名が与えられる。騎士団からも一目置かれる称号が大魔法使いだ。てことは、大魔法使いになった後、武勲を立てれば、騎士団に知り合いも増える。公爵様とお話する機会だって与えられるだろう。……そうすれば、ラフィアの処遇を変えられるかもしれない」

「魔法を鍛えれば、ラフィアを救える――？」

「ああ。というより、奴隷であるわたしたちには、それしか道がないね」

なんだ、結局同じじゃないか、と僕は思った。

僕は転生したあの瞬間から強い魔法使いになることを目指してきた。絶対の才能を渇望していた。ようやく魔法使いになった僕がやることは変わらない。これまで通りだ。

そう思うのに。

――胸の底の方に火が付いたようなこの感覚はなんだろう。

理性が導く結論と衝動が目指す行く先がぴたりと一致する。視界が一瞬でクリアになったような気がした。『対訳』の力を持つ僕には見える。単位魔法《ユニット》には強弱がある。修飾節《モディファイ》には組み合わせの相性がある。次はその部分を追求し、どんな戦場でも活躍できる魔法使いにならなければならない。それを考える快感は数学の世界にのめり込んだときにどこか似ていた。

僕は魔法を鍛える。

僕自身のために。そして、――ラフィアのために。

わけの分からないこの衝動を僕は持て余していた。


今日の狩猟団の手伝いはサボった。サボって、僕は掃除と洗濯をした。掃除は前世とほとんど変わらないけれど、洗濯は川の水で衣類を洗うことから始まる。冬の洗濯なんて恐ろしすぎて想像することもできない。……僕は、こんな単純な事実も知らなかったのだ。

サボったことでゲルフにぶん殴られたっていい。ゲルフが許さなくても、精霊様は許してくれるだろう。僕はそんなことを考えながら、洗濯物を干していく。

ラフィアが一階に下りてきたのは昼だった。

目の前の光景が信じられないのか、目を丸くして、階段の下で動きを止める。

「おはよう、ラフィア」と僕はいつも通りの口調で声をかけた。

部屋は隅々まで磨き上げられていて、朝食というには豪華な料理が机の上で整列している。僕はふふん、と笑ってから言った。「黙ってたんだけど、僕、掃除も完璧だし、料理だってできちゃうんだ。洗濯も終わってる。本気を出すと、まあ、ざっとこんなもんだよね」

「……」

「えっと……。うん、今日はたまたま朝早くに目が覚めてさ。そしたら、狩猟団の手伝いの前に久しぶりに家事とかをやりたい気分になって。で、始めたらつい気合いが入りすぎちゃったんだよ」

「……」

「だから、今朝のラフィアの仕事はもうないかな。生憎だけどね」

「……」

両手にじっとりと嫌な汗が湧く。

覚悟はしていた。昨日、僕はラフィアにひどい言葉を投げかけた。『面倒に思っていた』『才能がないと決めつけていた』『価値がない』。それは事実として僕が思っていたことだし、感じていたことだけれど、あれほどひどい他者への言葉はそうそうない。嫌われて当然だ。

それでも僕はまっすぐにラフィアの目を見続けた。顔を背けることだけは嫌だった。

ややあって。

「………………ふっ」

それは、花びらが揺れる音のような、かすかな吐息。

「ふふっ……ふふふふっ」

ラフィアは目を細めて、お腹に手を当てて――笑い始める。

「タカハ、おかしい……あははははっ……」

とりあえず、第一の関門はクリアできたようだ。

「だって、タカハ……ふふっ、これ、おばあちゃんのお料理でしょ？」

「い、いきなりばれた！」

「こっちはマルム？」

マルムが持ってきてくれた野草の盛り合わせは、色の取り合わせが絶妙で……たしかに真似できそうにない。

「……もしかして分かるの？」

「えへへ、なんとなくだけどね」

「僕が作ったのはどれだと思う？」

「んー」

ラフィアはテーブルを見回して、べちゃっと崩れた茹でクロッカを指さした。

「これ、かな？」

「…………正解です」

「ふふふっ」

ラフィアは大きく目を開けて、言った。「わたし、お腹すいちゃった。食べてもいい？」

「もちろん。食べて」

僕たちはテーブルについて食事を始める。僕の茹でたクロッカの実は甘い成分が逃げてしまって、えぐみが前面に出ていた。本来なら甘さを引き立てるための塩味が哀愁《あいしゅう》を誘う。大失敗といっても過言ではない。

「タカハくん……」

「はい」

「これ、おいしくありません」

真顔で言われ、僕は崩れ落ちた。心底おかしいというようにラフィアが笑う。

僕の意欲作はさておき、ソフィばあちゃんとマルムが作ってくれたものは文句なしの料理だった。

ラフィアの表情がだんだん明るくなってくる。散らばってしまった欠片を拾い集めていくみたいに、少女が感情を取り戻していく。

「おいしいなあ。どうやって味付けてるんだろ……？」

ラフィアは首をかしげてばあちゃんの潰し餅を見ている。柔らかそうな頬には黄色っぽいその欠片がついていた。ラフィアは気付いていない。からかいながら指摘すると、ラフィアの頬が赤くなった。照れたような笑顔は向日葵のように眩しい。

変だ。

笑顔を見ているはずなのに——胸の底が締め付けられるような感覚がした。

感情がコントロールできない。こんなことは今までになかった。

昨日、ラフィアは僕が決めつけた『数字』を努力で乗り越えた。僕の見ていた『数字』は多少の誤差はあるけれど、ある程度の本質を突いていたと思う。だから、僕の知らないところで、ラフィアが血の滲《にじ》むような努力をしていたのは間違いない。

でも、その動機は、僕がでまかせで吐いた嘘の夢をともに叶えようと願ったからだ。

自分のためでもなく、ここが魔法使いたちの村だからでもなく、僕のため。

「やっぱりラフィアは……」

「……ん？」

「……」

馬鹿だよ、と心のままに言葉にすることがどうしてもできなかった。


ゲルフは数日経っても戻ってこなかった。

僕は最初の一日を休んだだけで、翌日以降は普段通りの狩猟団の手伝いをこなしていた。身勝手にサボればゲルフは必ず仕事を増量してくる。素直に従っておくのが一番簡単なのだ。

だが、もう一人の家族の方はそうはいかなかった。

「……はぁ」

今も。

土間で鍋をかき回すラフィアは、魔法を失ったあの日から、日を追うごとに元気をなくしていった。いつ見てもうさみみはくたりと垂れているようで、目元もどこか腫れている。夜中に泣いているのかもしれない。

ひどく心地悪い。

以前の僕ならなんとも感じなかったはずの状況なのに、僕の感情はざわざわと揺れている。苛立ちとも違うし、別に怒っているわけでもない。強いて言えば……問題に挑む手がかりすら掴めないときのもどかしさが一番近い感覚だった。

エプロンをかけたラフィアが木の実料理を盛った皿を運んでくる。僕たちは同時に「いただきます」と言って、スプーンを手に取った。沈黙のまま、時間が少し過ぎる。

「ラフィア」

「……ん？　なに？」

ゆっくりと反応したラフィアは、ゆっくりと笑顔を浮かべた。蜃気楼《しんきろう》のような笑顔。心はここになくて、そのときやっと僕の存在を認識したみたいだ。器の中の木の実料理も全然進んでいない。

それきり、僕たちは数秒間見つめ合う。

先に折れたのは――僕の方だった。

「……撤回したい前言がある」

「前に言ったこと……？」

「うん。前に『ラフィアは話をしたいのかもしれないけど、僕は本を読んでいたい』って言ったよね？　あれを取り消したい。取り消して……ええと、その……」

「……タカハ？」

「つまり、ラフィアの話を聞きたい気分なんだ」

ラフィアは目をぱちぱちとしばたたかせた。

「なんていうか……ああ、もう……」

九歳女児を相手に言葉に詰まるなんて……。

そのくらい『九歳の儀式』のできごとは僕にとって衝撃的だったらしい。

「君の言葉を借りれば、今のラフィアは『元気がない』から」

「……うん」

「辛い、と思う。……僕には、想像もつかないけれど……」

努力していた道を他者の手によって閉ざされたラフィアの気持ちを、僕は知らない。

僕は、自分の手で、自分の選んだ数学を諦めたからだ。

——自分で限界を決めて、線を引いて、諦めた。

その瞬間、唇を噛みしめたいような感情が僕を襲った。僕の『数字』は本当に正しかったのだろうか。たしかに大学院をやめたあのとき、鈴木は僕よりも数歩先にいた。でも、その場で踏みとどまっていれば、僕の、僕なりの、僕らしい数学の世界での戦い方を見つけることができたんじゃないか。その可能性が零だったとは断言できない。

気付かせてくれたのは、ラフィアだ。

文明レベルが古代の、最低な異世界に生きる、捨てられた少女。

僕のことを心の底から『家族だ』と言ってくれた、たぶん、最初の一人。

「辛くはないんだけど……」

えへへ、とラフィアは苦笑した。

「うん……ちょっと、考えごとをしちゃって……」

「考えごと？」

「わたし、やることがなくちゃったから。……十七歳になるまで」

「……あ」

少し考えたら分かることだった。

今まではずっと魔法に打ち込んできた。けれど、その魔法は失われてしまった。だからやることがない。目標もない。『十七歳』に何が起こるのか、ラフィアもたぶん知っているのだ。ソフィばあちゃんはそういうことを隠したりしないから。

「……わたし、どうすればいいかな……？」

僕はラフィアの立場になって想像してみた。八年後に迫った絶望の未来。逃げることすら許されない奴隷の村。魔法を失ったときの突き放すような喪失感——

ん？

僕はすぐに違和感にぶちあたって、思考を止めた。

「ええと。その前に確認してもいい？　……ラフィアは、あの脱走奴隷のこと、怒ってないの？」

「え？」

「だって、あいつがいなければラフィアは魔法を失うことはなかったんだから」

んー、とラフィアは小さな人差し指を自分のあごに当てて、天井を見た。

「ちょっとは恨んでるけど。……おこってないよ」

「どうして？」

「あの人……森の中を逃げてた。食べものも着るものもなくて、なにも分からなくなっちゃったんだよ。だから、あの人はわるくない気がするの」

「じゃあ、出身地のファロ村が悪いってこと？」

「ファロ村も……狩猟団がうまくいってなかったんだって。だから、しょうがないのかも……」

「なら、騎士が徴税するのが悪い？　それとも『魔法の国』そのもの……？」

ラフィアは答えなかった。

途中から僕自身も自分に問いかけているような気分だった。

その自問が、僕の中にある衝動をゆっくりと形にしていった。

「君があの奴隷を許すなら僕には何も言う資格がない。……でも、決めた」

やや語気の乗った口調を聞いて、ラフィアは顔を上げた。

「僕は、どうしてラフィアが魔法を失わなくちゃいけなかったのか、その理由を探すよ」

「…………あ」

兎人族《ラビテ》の少女はひどく驚いた表情をした。

「――わたしも、知りたい」

その瞬間、数日ぶりに、ラフィアの青い瞳が現実に焦点を結んだように見えた。

「どうしてかな。もうダメだって思って、わたし、ぼーっとしちゃって……。でも、うん、わたしも知りたいよ。だれが悪いのか」

「そう思って当然だよ。少なくとも僕は納得したい。あの脱走奴隷が悪いのか、ファロ村が悪いのか、騎士様が悪いのか、それとも、もっと悪いだれかが居るのか——僕はこの目で見極める」

「うん！　私も！」

「じゃあ、具体的にどうしたらいいかを考えよう。まずは——」

——少し相談しただけで、それを探すことは簡単じゃないと気付かされた。

僕たちは奴隷だ。

ピータ村を出ることすら許されていない。

でも、村の外にどんな現実が広がっているのかを見極めなければ、この悲劇の犯人は分からない。

長い時間がかかるだろう。ファロ村に行って聞き込みをするだけじゃダメだ。この『魔法の国』のいろんなところに行って、いろんなものを見なければ分からない。データが足りない。

僕とラフィアが目をつけたのは以前マルムが言っていた『交換』制度だった。成人になる前の子どもは、騎士の推薦状があれば、村を出て自由に学ぶことができる。そのためには、なにか特技のようなものがなければならない。

つまり——他者より優れた『数字』が必要だ。

僕には魔法がある。マルムには算術。そういうのが、ラフィアにも必要だった。

「お料理で外に出してもらえればいいんだけど……」

さすがに冗談だったのだろう、ラフィアは肩をすくめてから、窓の外を見た。

「わたしの、得意なこと……」

翌日、起きてきたラフィアはだれが見ても分かるくらいに元気を取り戻していた。笑顔もうさみみの動きも昨日までの五割増しって感じだった。それはよかった。よかったんだけど。

「きゃー！　タカハくんだ！」「レアキャラだよ！」「喋るの初めて！」「こんにちは！」

僕は少女たちに包囲されていた。

……どうしてこうなった。

「……こんにちは」

きゃーきゃーわーわーと黄色い声がピータ村の広場に弾ける。挨拶しただけなのに。

冷静に今日の自分の行動を振り返ってみた。――狩猟団の手伝いが早めに終わって昼過ぎに家に帰ってきた。ちょうど外出しようとしていたラフィアに『タカハも遊びに行こうよ！　マルムも来るから！』と言われた。本当はあまり気のりしていないんだけど、ここ最近の流れから断り辛くてついてきた――はい回想終了。

その結果がこれだ。

広場に置かれている大きな切り株のテーブルには白いクロスが広げられ、木の実のお菓子やイーリの葉の紅茶が並べられている。抜けるような青空を見上げるだけで心地のいい、穏やかな午後だった。

テーブルを取り囲むのは――というか、僕を取り囲むのは、僕よりも年上で、だけれどまだ成人していない、十歳から十七歳までの少女たちだった。総勢八名。エルフ、犬耳、猫耳、金髪、緑の髪……みんな洋風の顔立ちをしているから、僕の尺度では全員が可愛らしく見える。てか眩しい。

これが女子会ってやつか。

よくよく記憶をさらってみれば、広場で開催されているこの集いを時折見かけた気がする。声をかけられるたびに素早く頭を下げて離脱していたけれど。

「一度お礼を言いたかったんだ。だから、ラフィアに無理を言って連れてきてもらった」

ぴんと真上に伸びた黒い犬耳とクールな表情が印象的なシュリさん。十六歳。彼女がこのお茶会のとりまとめ役のようだ。

「お礼、ですか？　ええと、僕に？」

「そう。タカハに」

「僕、なにかしましたっけ……？」

「固ーい！」

ぐっと僕のティーガを引っ張ってじゃれついてきたのは、緑色の髪が珍しい不思議系の人間《ヒューマン》の少女、ミィコさん。十三歳。首に腕を絡めた姿勢のまま、髪の毛をぐしゃぐしゃにされる。

「ちょ、やめてくださいって……！」

「やーめーなーいー！　レアキャラは逃がしませーん！」

「その……レアキャラって何なんですか」

「いつもゲルフ様のお手伝いをしてるでしょー？　誰も喋ったことがなかったから」

だからレアキャラか……。珍種の生物になったような気分だ。

「ねえ？　私の名前、分かるかしら？」

そう言って首をかしげたのは、おっとりした目元に妙な色気がある妖精種《エルフ》、セラムさん。十五歳。

「もちろん分かりますよ。セラムさんです」

何が嬉しいのか、セラムさんは「やった」と両手を上げた。色めきだった少女たちが続く。

「ねーねー」「私は？」「知ってる？」

「リュカさん、ネルトさん、ポムさん……」

僕はピータ村の村人全員の顔と名前を知っている。これだけ狭い村に九年も居たのだ。自動的に覚えるはずだ。だというのに、名前を呼ばれるたびに少女たちのテンションが上がっていく。予想する反応との落差が大きすぎて、居心地が悪い。しかも基本的に八対一だ。僕はお立ち台に上げられた珍種の生物の役を演じ続けなければならないらしい。

こういうとき、『数字』による分析は案外有効だったりする。この場のリーダーを見つけ、用件だけ話してさっさと撤退すればいいのだ。僕はお姉さま方に色々とからかわれながらも、場の雰囲気を決めるリーダー役が最初に喋ったシュリさんであることを突き止めた。『何の用ですか』という全力の思いを視線に乗せる。

「あ。そうだったそうだった。タカハの反応がいいから、つい忘れてたよ」

シュリさんは黒い前髪を少しだけいじってから、咳ばらいをして言った。

「さっきも言ったんだけど、今日はお礼をしたくて呼んだんだ。タカハ、いつもお手伝いをしてくれてありがとう」

「……え？」

「シーハの実を運ぶ係はタカハだよね？　あれ、本当に助かるんだ。君が引き受けてくれるようになってから毎月手に入る量が増えて……こうして、お菓子にもできる」

シュリさんがバスケットを手渡してくれる。中にあるのはシーハの実だ。運んでいるときは顔も見たくないと思っていたその木の実は、丁寧にワタを取り除かれ、ほどよく焦げ目をつけて焼き上げられていた。かじる。

「……！」

僕は驚いた。香ばしさの中に、一拍遅れてたしかにシーハの実の甘味がやってくる。

「おいしいです！　すごく！」

くるみのクッキーのような味だ。こっちへ来てから一番感動したかもしれない。

シュリさんは穏やかに微笑む。「気に入ってもらえてよかった」

「はいはーい！　次！　私たちはね、もっと実用的な物だよ。――じゃーん！」

ミィコさんを筆頭に、三人の少女たちがテーブルの下から取り出したのは、獣の毛皮で作った手袋だった。

「これからもよろしくねっ！　レアキャラとして！」

「……レアキャラはさておき、嬉しいです。ありがとうございます」

手袋を受け取る。獣の皮の中でも厚手の部位を選んでくれたみたいだ。手のひらの側には滑り止めが縫い付けてあるし、裏地の生地も、二重になった縫い目も、ものすごく丁寧な作りだということが分かる。逸品だった。冬に大活躍するだろう。

「でも、本当にもらってしまっていいんですか？」

「もちろんっ！　じっさい、タカハくん以外に作り甲斐のあるキャラがいないんだよねー」

ねー、と少女たちが続く。

「タカハ以外の男子はみんなサボったり、野山を駆けまわることしか考えていないからね。ちょっと子どもっぽくて、私たちも疲れるから」

「はぁ……」

女の子の方が精神的な成長が早い、というのはこういうことなのかもしれない。たしかに、同世代の男子との遊びにはこれっぽっちも参加してこなかった。二十二歳の魂があるから、純粋につまらないのだ。体を動かすのはお手伝いで十分すぎるほどにやっているし。

そのとき、ふと気付いた。

よくよく目を凝《こ》らして見ると、広場の隅っこの茂みに少年たちが隠れてこちらの様子をうかがっている。……あ、プロパも居る。目が合った瞬間睨みつけられたけど。というか、ほとんどのやつらが僕に恨みのこもった視線を向けていた。

「なんだ？　あいつら。……こっちに来ればいいのに」

「少しくらいタカハを見習ってほしいよ。……ね？　マルム」とニヤついたミィコさんが言う。

「……なんで、私ー？」

マルムは眠そうな目のまま、じとっとした表情を作った。

「こっそりタカハくんに算術を教えてもらってるんでしょー?」

「そ、それはー……」

「あ。マルムは算術が得意ですよ。僕が保証します」

瞬間、きゃあああっ、と少女たちの歓声がはじけて、さすがに僕は眉をひそめた。マルムも顔を赤くして怒っている。当然だ。これはからかわれている。マルムは実際にできるし、それを褒《ほ》めただけなのだ。

「いや、本当に得意なんですって——え?」

その瞬間、僕はだれかに後ろから抱きしめられた。

「真面目でかわいい!」

「……ええと」

ダメだ。分かり合えない。『真面目』と『かわいい』が僕の中ではどうしても結びつかない。両極端な言葉じゃないか。僕は以降、少女たちの会話に集中することをやめた。頭を撫でまわされるのを甘んじて受け入れる。連れてきてくれたラフィアの面子が潰れない程度には空気を読めているはずだ。

「ミィコさん! タカハいやがってるから! やめてください!」

「わー! ラフィアが怒ったー!」

お姉さまたちの間を僕は人形のように転がされていく。成長期を迎えていない僕の身体はまだまだ小柄だから、いじめられているような気分になってくる。

「……あれ？」

その途中、僕はふと自分の頬に触れた。

違和感があったのだ。突っ張っているような、引き絞られているような、そんな感覚。

触れた頬の筋肉はたしかに持ち上がっていた。僕の意思とは別に。

「楽しい？」

ラフィアがにっこり笑って僕のすぐ隣に座る。

その言葉の意味に気付いて、少しだけ自分に呆れた。

どうやら僕は――笑っていたらしい。

最近、僕の身体は僕のコントロールを離れつつあるのかもしれない。

どうして年上の少女たちにからかわれて、笑っているのだろうか。

魔法使いの能力に結びつかないこの時間がそんなに嫌じゃないのは、どうしてだろう。

「わたしは楽しいよ！」

そう言って、ラフィアはいつもの笑顔を僕に向ける。


九年間の観察で僕は一つの結論を抱いていた。

多くの村人が持っている数字は、大したことがない。

ゲルフが『魔法』に優れること、狩猟団長ガーツさんの『狩りの腕前』が圧倒的であること、その二つ以外、この村には大きな数字がない。そう思っていた。だから、僕は村人たちとの関わりを避けてきた。

それが変わったのは、年上の少女たちから心づくしのプレゼントを贈られてからだ。

あの日以来、僕はもう少し村の中をよく見るようになった。そして、まず気付いたのは、僕が運んだ木の実や獣の皮がさまざまな場所で使われている、ということだった。僕は生きるためにゲルフの言いつけを守ってきた。そうしなければ、生かされる理由はないと思っていたのだ。けれど、もしかしたら、それ以上の価値がお手伝いにはあったのかもしれない。

観察する視点をもう少し広げてみて、さらによく分かった。

ピータ村の八十人全員にだれからも必要とされる仕事がある、という簡単な事実。

僕が着ている服はソフィばあちゃんが織ってくれたものだし、家で使っている木製の器はマルムのお父さんが一つ一つ手作業で削り出してくれたものだ。怪我をしたり、風邪をひいたりしたときは、プロパの両親が回復魔法と薬草を組み合わせて治療してくれる。少女たちは手袋やマフラーを作り、野草を摘んだりしている。少年たちは不平を言いながらも、一人前の狩人になるための訓練には欠かさず参加している。狩猟団員の人数が減れば、村人全員の主食である木の実と肉の量が減る。文明レベルの低いこの世界ではだれもが助け合って生きているのだ。

いつの間にか僕もそんなピータ村の歯車の一つになっていたらしい。

広場を通り過ぎるとき、僕は顔を上げるようになった。途端、たくさんの村人が僕に話かけてくれる。僕のお手伝いへの感謝。助言。天気のこと。噂話。エトセトラ。僕は以前よりも意識して、彼らの話を聞くことにした。

やっぱり僕の中の何かが少しずつ変わっている気がする。

自分も歯車の一つだという認識が、嫌いじゃなかった。


『九歳の儀式』が終わってから、僕の日課は固定化していた。

起床、お手伝い、魔法の鍛錬、睡眠――以上でループ。実にシンプルだ。結局、家事はラフィアに奪い取られてしまった。単純に、僕がやると失敗が多い。余裕があるときに手伝う、という形がベストだという結論になった。

魔法の鍛錬は裏手の山で行う。子どもたちが立ち入れない場所に魔法を自由に唱えていいというエリアが区切られていて、僕は毎日そこで単位《ユニット》魔法を唱え続けていた。

火属性では、小火球を生み出す『火の一番《ファイアボール》』、その進化形にあたる大火球を生み出す『火の三番《マグナスフィア》』、爆発を引き起こす『火の十番《イラプション》』の三つ。

他にも、土の槍を地面から出現させる『土の二番《アースランス》』。防御魔法として、土の壁を起こす『土の十一番《ランドウォール》』。

唱えれば唱えるほどに、魔法の性質が分かってくる。意外とスピードがあるんだな、とか。爆発の範囲はこのくらいか、とか。飛ばす種類の魔法は発射されるまでにタイムラグがある、とか。この世界の魔法は言葉だ。単位《ユニット》魔法という剣を修飾節《モディファイ》で加工する――その結果が、現実になる。

単位《ユニット》魔法の性質を熟知することが重要になる。

日が暮れるまで僕は詠唱を続けた。心臓の隣のあたりにあるマナを通す回路《パス》がぼんやりと疲弊しているような不思議な感覚を抱えながら、僕は山を下りた。

魔法を極める。大魔法使いになる。そのためにはトレーニングを積むしかない。

早くあの老魔法使いを納得させて、ピータ村から出よう。僕は見極めたい。ラフィアはどうして魔法を失わなければいけなかったのか。あの絶望を、理不尽なんて安っぽい言葉で終わらせてやるつもりは、僕にはなかった。

「……はぁ」

ため息をつくしかない。『村を出たい』と言って、ゲルフを説得できるイメージが全く湧かなかった。ゲルフは多分この願いを容赦なく潰すだろう。僕のことは使える労働力程度にしか思っていないはずだから。

そのゲルフは次の日の夕方に帰ってきた。

数日ぶりにピータ村に帰ってきた黒衣の老魔法使いは――ひどい怪我をしていた。

登場人物紹介

Decipher by Arithmetic the Magic of Another World

マルム

「今度ー……
一緒に勉強しよー……？」

●タカハと同い年の猫人族《カティ》の少女。
●眠そうな表情とゆっくりな口調とは裏腹に頭の回転が早い。
算数、魔法、村のお手伝いなど、なんでも要領よくこなす。
●……が、唯一料理は苦手で、ラフィアに教えてもらっていることをタカハには秘密にしている。

知力8

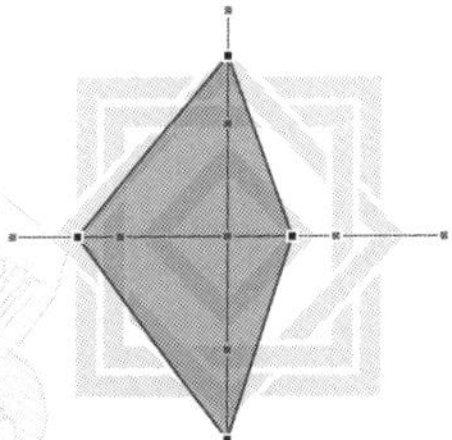

魅力7　身体3

のんびり度9

パラメータ表

同い年の友だち1人目。年齢を考えれば頭がいいんじゃないかな。まあ、さすがに僕と対等な議論ができるほどじゃないと思うけど。

第六章：「……本当に知らないのか？」と騎士は眉をひそめた。

「おとーさんッ！　おとーさんッ!!」

ラフィアの悲痛な叫び声が夕暮れの広場に響きわたる。馬車から下ろされたゲルフは、黒衣の下、お腹のあたりに白い包帯を幾重《いくえ》にも巻かれ、眠っていた。

「よし、運ぶぞ」「せーのっ」

狩猟団員たちがゲルフの身体を持ち上げ、広場の方へ進んでいく。

「タカハ」

「あ。……ジーク様」

御者台から降り立ったのは、数日前、脱走奴隷を攻撃した僕を見逃してくれた犬人族《ドグア》の騎士だった。騎士ジーク。騎士様の中ではかなり寛大《かんだい》な人だよ、というのがソフィばあちゃんの言で、事実その通りだと僕も思う。

ゲルフを馬車に乗せて連れてきてくれた騎士は安心させるように僕に数度頷いた。

「領都の回復魔法の使い手たちが処置をした。完全に治っている。失血が多かったが、目覚めればすぐにでも動けるだろうということだ」

よかった……――じゃない。

僕には胸をなでおろす前に訊くことがあった。

「……ゲルフはどこへ行っていたんですか？」

「む？」騎士ジークは首をかしげた。「招集だが……？　知らなかったのか？」

「知りませんでした。聞いていなかったので」

「ピータ村に一名の招集をかけ、『暁《あかつき》』が出てきたのだ。持ち回りの順ではなかったらしいが」

招集は村人たちの持ち回りで人を出すことが決まっている。どうやらゲルフはその順番に割り込んだらしい。割り込んで、招集へ行くことを申し出た。

「なんで、そんなこと……ッ」

僕にはやっぱり理解できない。あんな状態のラフィアを放って自分から招集へ行くだなんて――

「『暁』だからな。願っているのは村人だけではないし、仕方がないさ」

「ジーク様。その……、暁ってなんですか？」

夜明けってこと？　なにか僕の知らない隠語があるのだろうか。いや、隠語だったら、『対訳』がその意味をかなり端的に翻訳してくれるはずだ――

「冗談はよせ。お前はゲルフ殿に魔法を習っている身ではないか」

「はぁ……」

あれを習っている、と言うのなら、だけれど。

「……本当に知らないのか？」

眉をひそめた騎士ジークは逡巡《しゅんじゅん》した後、言った。

「ピータ村のゲルフといえば『魔法の国』の誰もが知っている英雄だぞ」

「…………え？」

「十七と三年前、『鉄器の国』との第四次戦争を勝利に導いた影の立役者、『暁の大魔法使い』。それがゲルフ殿の二つ名だ」

「──────」

「火、土、空の三属性を達人の域で使いこなし、残りの四属性も一般的な魔法使い以上に操る。タカハにとっては見慣れたことかもしれないが、七色の精霊言語をすべて操ることができるのは、今の『魔法の国』に二人しかいない。そのうちの一人がゲルフ殿だ」

…………なんだよ、それ。

転生先は意外にも恵まれた環境だった、という喜びは、かなり小さかった。

代わりに僕の胸を埋め尽くしたのは、数学の才能が無いと分かったあの瞬間のような、自分の核が引き抜かれるような、虚しい感覚だった。僕は九年間『暁の大魔法使い』の家で生きてきた。なのに、その事実を知らなかった。ただの隠居老人だと思っていたのだ。ゲルフはそんなこと、一言も僕に言わなかった。いつも自分の実力をはぐらかしていた。

僕が魔法の力を求めていたことは知っていたはずだ。

自分が大魔法使いなら、それを教えてくれてもいいはずじゃないか。

「かの戦いで、『暁』は寄せ集めの奴隷を率い、国境森林帯で敵の主力の目を一巡月釘づけにした。その間に後方へ回り込んだ我ら騎士団が敵の補給線を叩き、第四次戦争は『魔法の国』の完全なる勝利で幕を引いた」

ゲルフが？　……あの、ゲルフが？　子どもをこき使う人格破綻者のあの老人が？

「——と、知ってはいたのだがな、正直、驚いたよ」

騎士ジークは焼き切れる寸前のような夕日を見て、目を細める。

「今回の戦でも、『暁』はその称号に違わないすさまじい戦いぶりだった」

僕の存在を忘れ、騎士は視線の先に戦いの記憶を見ていた。

「まさに夜明けの光のようだった。進軍中、国境深林で遭遇戦にもつれ込んでな。乱戦だった。『鉄器の国』の神秘使いの中でも僧侶や司教の位階を持つ者が複数人投入されていたようだ。そこかしこであの忌々《いまいま》しい白の光が閃いて、次々に魔法使いたちは討たれていった」

普段は冷静沈着な騎士の声がどんどんと熱を帯びていく。

「厳しい戦いだったが、だからこそ『暁』は戦場を照らし続けていた。敵の攻撃を防ぐ魔法も、敵を仕留める魔法も、味方を救う魔法も、すべてが的確で、素早く、躊躇いがなかった。極めつけは『ミシアの使徒』との一騎打ちだ」

「……ミシアの使徒」

「ああ」

その瞬間、騎士は何を思い出したのか、ぶるりと肩を震わせた。

「現在、『鉄器の国』で最も優れた神秘使いと言われている。まだ若い男だったよ。整った顔立ちをしていたが、瞳は冷え切っていた。大司教どころではなく、枢機卿《すうききょう》の未来も確約されているらしい。なんでも、聖痕《せいこん》が全身に刻まれているとか……」

鈴木なのかもしれない。

若くて、国の序列《じょれつ》を急速に上り詰めているのだとしたら――間違いない。

「ゲルフは、勝ったんですか？」

「……負けた」

「……ッ！」

「あの傷はそのときにつけられた傷だ。あと一歩だったのだが……。やつは、他の誰にもできない『神秘の二重行使』という秘技を最後まで隠していたのだ。さすがに『暁』も――いや、だれにも予想できなかった。『神秘使いは常に一つの神秘しか放てない』。これが、我らの前提だったからな」

騎士ジークはそこで自分が熱を込めて語りすぎたことに気付いたのか、咳払いをした。

「行きなさい、タカハ。そしてよく学べ。……お前の父上は素晴らしい魔法使いだ」

僕は返事をせず、騎士ジークから逃げるように走り出した。


次の日の朝食は重苦しい空気で始まった。

木の実の殻を割り、干し肉を噛みちぎる三つの音だけが居間に響く。ゲルフは、昨日一度も目を覚まさなかったことが嘘のようにいつもの時間に起きてきて、テーブルに着いている。それどころか食欲は旺盛なくらいだった。

ラフィアの目は充血していた。昨夜、目を覚まさないゲルフの横でずっと泣き続けていたのだ。

「ゲルフ」

沈黙を破った僕の声はどうしても震えてしまった。

老魔法使いの小さな黒い瞳が僕をとらえる。

「……どうして、僕たちに黙って行ったの？」

ゲルフは興味を失ったかのように僕から顔を逸らして、食事を再開した。

「時間が無かったのじゃ。すぐにでも出ねば間に合わなかった。今回の招集は――」

「僕たちがどれだけ不安だったか分かんないのかよ⁉」

老魔法使いが僕の声量にたじろいだのも一瞬だった。返事は淡々としていた。

「……なにを言っておる？　ソフィも他の村人たちも手助けをしてくれたじゃろうが」

「そういうことじゃない。なんでゲルフはラフィアの傍に居てあげなかったんだ、って訊いてるんだ。どれだけ辛い想いをしてるか。どれだけ寂しかったか。考えるまでもなく分かるだろ？」

「ラフィアが辛いかどうかはお前が決めることではない」

僕とゲルフは同時にラフィアを見た。

怒鳴り声に耳をたたんでいたラフィアはゆっくりと微笑んだ。

「わたしね、タカハのおかげで、大丈夫になってきたから……。だから……けんかはしないで」

次に、ラフィアはゲルフの服の裾を掴んだ。「それに、招集もイヤ。お仕事が大変なのはがまんできるけど、おとーさんがケガをして帰ってくるのは、もっとイヤなの」

「すまなかった、ラフィア。……じゃが、しばらくわしは行かねばならぬ」

「どうして？」

ゲルフは——ラフィアの真っすぐな瞳から目を逸らした。

「『鉄器の国』の侵攻が苛烈《かれつ》となっておる。半数の者が帰らぬ戦場も出現しているようじゃ。わしはそうやすやすとは死なぬ。ピータ村の村人たちから死者を出したくない。かつて村長もやり、狩猟団長もやったこの村のためにわしは——」

「……おとーさんの嘘つき」とラフィアは表情を曇らせた。

「嘘は、ついておらぬ。分かっておくれ。ラフィア」

ゲルフは慌てた様子で干し肉を一口かじる。

「ファロ村の脱走奴隷は処刑されることが決まったようじゃ。見に行くか？」

「ううん。行かない」

ラフィアは悲痛な表情をしたまま、立ち上がった。

「ソフィばあちゃんがおとーさんに薬草を作ってくれてるの。もらってくるね」

そのまま、とてとてっと機敏な足取りで土間に下りると、扉を開け、出て行ってしまった。

僕はスープを口に運ぶゲルフを睨みつける。

「ラフィアは肉体奴隷になっちゃうんだろ？」

ゲルフもまた食事の手を止めて僕を睨み返してきた。「……誰に聞いた？」

「誰だっていい」

「口ごたえを――」

「僕がラフィアを守る。こんなの、認めてたまるもんか。僕だって大魔法使いになる。騎士様に僕の価値を認めさせて、説得するんだ。絶対に、ラフィアを肉体奴隷にしたりなんかしない」

瞬間――肩を強く掴まれて、僕は驚いた。

ゲルフの顔がすぐ近くにある。

「――本気か？」

僕は少しの動揺を飲み下して答えた。

「本気だよ」

「ラフィアのために、大魔法使いを目指す。それは、本気か？」

不思議な感覚がした。ゲルフの声は威圧的だった。しゃがれて淡々としたいつもの強い声に聞こえた。なのに、なぜだろう。僕が受けた印象は真逆だった。

――脆《もろ》い。

まるで届かない祈りを込めているかのように。

「当たり前だよ。こんな不条理、僕は認めない」

ゲルフはしばらく僕の目をじっとのぞき込むようにして言った。

「ならば、時間がない。今日から修行を始める」

僕は舌打ちをしそうになった。ゲルフは全てを一人で決めてしまう。

けれど、今日の僕には問いたださなければならないことがあった。

「ゲルフは、大魔法使いなの？」

「……ああ」

「どうしてそれを僕に教えてくれなかったんだよ？　僕がずっと魔法の力をほしがってたことは知ってただろ？　だったら、そのくらい教えてほしかった。知ってれば、もっと……」

もっと……？　もっと、なんだというのだろう。

「タカハ、今一度問う。——魔法とはなにか？」

またこの話か。言葉遊びに意味はない。

「分からないよ。まだ、魔法使いになったばっかりなんだから」

「……そうか」

それきり、僕たちはしばらく無言で食事を続けた。

ラフィアがそっと家の扉をくぐって戻ってくる。

「ラフィア」とゲルフは優しくその名前を呼んだ。「言い忘れていた。……お前を置いて招集に行ったこと、許してほしい」

「ううん」

ラフィアは家族に向ける優しい笑顔で応える。

居心地悪そうに身じろぎをしたゲルフは、一転して真剣な表情をラフィアに向けた。

「お前はこれからどうしたい？　機織りならソフィのやつに頼んでみよう。数や文字をもっと教えてもよい。……すまぬ、領都ならば他にも道はあるのじゃが」

不器用な言葉で、ゲルフがラフィアのことを思っているのがひしひしと伝わってきた。

俯いたラフィアはゆっくりと口を開いた。

「わたし、魔法を使えなくなっちゃった。算数も、できない。……そうだよね？」

ラフィアが僕を見る。その瞳は九歳の少女とは思えないほどに冷静だった。

僕は頷く。「魔法と同じで苦手だと思う。僕の目にはそう見える」

「お料理や機織りは……ソフィばあちゃんくらい上手になっても、ダメ」

「ダメということはないぞ。丹念《たんねん》に物を作り上げることは、お前に向いていると思うが……？」

ふるふると首を横に振ったラフィアは老魔法使いにきっぱりと言い切った。

「わたし、強くなりたい」

「──」

「今のわたしは自分の身を守る力だってないんだから。十七歳になったら肉体奴隷としてどこかへ連れて行かれちゃう。そうなったとき、自分のことも自分でできないのだけはイヤなの」

「……ならば、わしに少々考えがある」

今度は僕が驚く番だった。ゲルフは、なにかの確信を握りしめた表情で言った。

「以前より考えておったことがあるのじゃ。ラフィア──お前も、狩猟団に入りなさい」

ラフィアを連れて本当に狩猟団の拠点へ向かったゲルフは、戻ってくるなり、打って変わって冷たい口調で僕に言った。

「タカハ、腕は治っているな？」

僕は脱走奴隷との戦いで負傷した部位に触れた。完全に治っている。

「では、すぐにでも修行を始める。羊皮紙と羽ペン、ナイフだけを持て。他のものは不要じゃ」

言い切るや否や、ゲルフは振り返ることなく扉を開け、村の方へ出ていく。「いってらっしゃい」というラフィアの声が背中を押してくれた。僕は慌ててゲルフを追った。大きな黒衣の背中に並んで歩く。

「一つ、確認しておく。精霊言語をなぜあれほどに使いこなせた？」

「……聞こえるし、言えるからだよ」

「そうか」

それっきり黙々と僕たちは進む。折れた枝を踏みしめる音だけが響く。

——そうして、厳しい修行の数日間は唐突に幕を開けた。

僕とゲルフは真昼のピータ村を出て、谷を抜け、山を超えた。ものすごいペースだった。

その途中途中で、ゲルフは様々なことを僕に教え、実践させた。ピータ村の食糧でもある四種類の絶対に必要な木の実はもちろんのこと、その他の木の実や野草の性質を教え込まれる。クロッカの実の群生しやすい場所、シーハの実は燃えやすいこと、白く美しいイーリの花がもつ睡眠作用、紫のティグの花がもつ解毒作用。雨露をしのぐための様々な方法や、天気の予測——ありとあらゆるサバイバル技術を僕は叩き込まれた。日が傾き、すぐに暮れた。

「魔法を操る存在である以前に、わしらは生き物じゃ」

僕の意識は朦朧《もうろう》としていた。

「この生存術をおろそかにしてはならぬ」

「……はい」

「体力も十分についたようじゃな、タカハ」

引きずり込まれるように僕の意識は深い闇に落ちていき――

「起きよ」

ゲルフのしゃがれ声で目覚める。眠りについた次の瞬間に目覚めたと感じるくらい深い眠りだった。僕は動物の毛皮でできたテントの中にいる。入り口の向こうは、うっすらと明るみ始めた空が見えた。でも、疲労感はきれいさっぱり消えていた。体力だけは本当に十分にある。

「朝食をとりながら、魔法を教える」

「……僕は、火を」

「……うむ」

言葉は最低限だが、だいたいのことは分かる。僕は魔法を使わずに火をおこし、水が入った鍋をその火にかけた。沸いた湯の半分を使って、ゲルフがクロッカの実を茹でる。火加減を調節するのもずいぶん上手になった。残った湯で僕はイーリの葉のお茶を淹《い》れた。

「――タカハ」

僕は身構える。ゲルフは、いつかの魔法使いの目をしていた。

「お前は、七つの精霊言語をすでに使いこなせるな?」

隠す意味はなさそうだった。

「……はい」

「それは広めてはならない事実じゃ」

「どうして……?」

「二系統の発音を操ることができるようになるまでに、最低でも五年がかかるとされる。お前は明らかに異常じゃ。七系統の発音を使いこなす者は、『魔法の国』の全体を見渡しても、わしともう一人、王都に『瀑布の大魔法使い』が居るだけじゃった。そこにお前が加わって、たったの三人」

僕は唾を飲み込んだ。事実の重みがじわりと忍び寄ってくる。

「お前のことを騎士様が知ったら、どんな手を使ってでも知識を引きずり出そうとするじゃろう。他人の前では多重属性使いであることを見せびらかすべきではない。よいな?」

僕は納得し、頷いた。

「よし」

老魔法使いはお茶を一口飲むと、しばらく目を閉じてから口を開いた。

「――わしは物事を理屈で考える。考えておいてから行動をして、損はない」

このセリフには全面的に同意だった。普段の行動は真逆だろ、と内心でツッコみつつ。

話半分で聞くことにした。

「大魔法使いを目指すならば、『魔法使いとしての強さ』とはなにかよく考えておかなければならない。そうしなければ、暗闇の中の道を歩むことになるじゃろう。……お前には知恵がある。少し問答をしよう」

「……はい」

少しだけ気を引き締めておく。問題と解答という組み合わせには本能のレベルで反応してしまう。質問は、意外な角度から始まった。

「タカハは、我ら奴隷が騎士に逆らえないのはなぜだと思う？」

「え？」

「彼らは少人数でやってくる。じゃが、わしらは騎士に刃向かうことはしない。それはなぜか」

「勝てないから？」

「うむ。ほとんどの魔法使いは、騎士に敗れてしまう。一般的な魔法使いがなぜ騎士に勝てないか。考えてみよ」

「……騎士の方が魔法の訓練をしてる」

「間違いなく一因といえる。もう一つ挙げるとしたらどうじゃ？」

騎士に共通すること。それは――

「……武器を持っている、から」

「うむ、正しい。騎士の象徴、ミスリル剣が彼らの優位となる。騎士とは例外なく魔法使いであるから、魔法を唱えながら剣を振ることができる。剣の分、同じ魔法の実力では勝負にならぬ」

「ゲルフは？」

ふんっ、とゲルフは鼻を鳴らした。「わしを倒せるのは騎士団長かそれ以上の使い手だけじゃ。そのせいで『大魔法使い』などと大仰な名前で呼ばれておる」

自信過剰だな……。

でも、ここまでのところゲルフの理屈に破綻はない。それが意外だった。もしかして、言わないだけでいろいろなことを考えているのだろうか。

「じゃあ、僕も武術を身につけろ、ってこと？」

ゲルフはゆっくりと首を横に振った。

「それは安易な考え方と言えるな。剣の道を極めるには長い時間がかかる。しかも、魔法使いとは別の思考じゃ。お前は魔法使いとして強くなるつもりなのじゃろう？」

「……矛盾してるよ。剣を持ってる分、騎士が強いって言ったばかりじゃないか」

「そうじゃ。しかし、剣の分の強さを魔法使いとしての強さで乗り越えなければならぬ。これには二つの方法がある」

「二つ……？」

「まず、魔法の性質を考えてみるといい」

僕の頭の中でいくつかの数字が目まぐるしく動き始めた。一つの呪文を詠唱するのに、最速で二秒。二秒間に一発、僕は魔法を放てる。逆にそれ以上の早口で詠唱をすると発音のミスが怖い。ここまでは騎士も同じ条件。

発動する魔法の性質は——射程距離や威力、引き起こされる現象に無限に近いバリエーションがあるってことだ。

「その方向でよい」

思わず、考えを口にしていたみたいだ。

同時に老魔法使いの返答で僕は確信した。

「じゃあ――一つ目は分かった」

「ほう」

「相手より有利な魔法を選び続ければいい」

「正しい。すなわち、状況に最適な魔法を選ぶこと。この点、お前は優れる」

なるほど。七属性の魔法を全て操れる僕はありとあらゆる状況に対応する力を持っている。単純に、一属性しか使えない魔法使いの七倍の状況対応能力を持っていることになる。

「では、その強みをさらに活かすためにはどうすればよいか。……騎士や『鉄器の国』の神秘使いは当然、魔法を使わせまいと距離を詰めてくる。それを許してしまえば、放てる魔法は二、三発がせいぜいじゃ」

「……一つしか思いつかない」

僕は馬鹿らしい質問にため息をついて答えた。「死ぬ気で避けて、倒せるまで魔法を撃ちまくる」

ゲルフは目を丸くして、ほぅ、と息を吐いた。

「分かっているではないか」

「え？」

「当たらなければよい。一つ剣をかわせば、一つ魔法を撃ち返せる」

「……マジ？」

ゲルフはどこまでも真顔だった。

「魔法使いの武器は時間じゃ。時間を稼ぐことで、我らは攻撃の手数を増やすことができる。口と喉を守りながら生き延びることさえできれば、魔法はいつか確実に敵を砕く。わしは、この考えで幾人もの神秘使いを仕留めてきた」

ゲルフの瞳は抜き身のナイフのように鋭い光を湛えていて、僕はわずかに気圧される。

「魔法使いの強さとは、状況に即した詠唱を直ちに決定すること、そして、時間を稼ぎながら生存し続けること——この二つの掛け合わせに過ぎぬ」

——てことは、僕が鍛えるべきは後者だ。

と、ゲルフの話を真に受けている自分に僕は驚く。

「……でも、時間を稼ぐって、どうやって？」

「俊敏な体と、いつまでも駆け回れる両足、怯まぬ心があればよい」

ゲルフは真っすぐに僕を見て言った。「今のお前に足りぬのは怯まぬ心だけじゃ」

僕たちはどちらからともなく立ち上がった。

ゲルフは背負っていた黒い杖を取り出し、淡々と言った。

「単位魔法《ユニット》は『風の一番《エアショット》』のみ、修飾節《モディファイ》は自由」

「ぎっくり腰になっても知らないからな」

ゲルフはにやりと口元を歪めた。

「それを言う暇に詠唱をしなかったのがお前の敗因じゃ。――〝待機解除〟」

「――がっ⁉」

瞬間だった。僕の身体は真横に吹き飛ばされた。人の頭大の空気の塊が、僕の小さな体を撃ち抜いたのだ。僕は地面を無様に転がる。

「詠唱なんていつの間に⁉」

「さて、いつかな？　お前が目覚める前かもしれぬぞ？　〝風―一の法―〟」

「卑怯だぞ！　じじい！」

僕は次々と襲い来る空気の弾丸を地面を転がりまわって避ける。だが、僕の逃げる先を潰す風の弾丸のコースは厳しい。僕はなんとか森の中に飛び込んで活路を探した。大樹のかげに隠れ――

「うわっ……⁉」

――ても、安全ではない。『回り込む』の修飾節《モディファイ》で軌道をねじ曲げられた弾丸が執拗に僕を追ってくる。

「〝風―一の法―今―眼前に　ゆえに対価は五〟！」

咄嗟に構築した風の弾丸を、僕は狙いを定める前に放ってしまった。黒いローブにかすりもしない。ゲルフは皮肉っぽい表情で肩をすくめた。「どこを狙っておるのじゃ？」

「ゲルフだよ！」

「答える暇があれば詠唱をせよと言っておる！」

発動起点を『彼方に』置いて予想外の角度から奇襲したり、『待機』と解除を組み合わせて僕の動きを惑わせたり、『無音の』で音を消したり、『透明の』で視認できなくしたり、『巨大なる』で木の枝ごと粉砕してきたり――ありとあらゆる修飾節《モディファイ》とそのバリエーションを活用し、ゲルフは僕を滅多打ちにした。

「……くそっ」

全身が巨大な洗濯機の放り込まれたあとみたいに痛む。すでに十数発撃ち込まれた。魔法の理屈は完ぺきに分かっているはずなのに、咄嗟の呪文が出ない。

僕は森の中にできた塹壕のような場所にうつぶせで隠れていた。倍数魔法を乱射してきたタイミングに合わせ、木の葉を大量に落として視界を奪い、その隙に隠れたのだ。

「撃ち返さねばいつまでもお前は追われるものじゃ！」

声の方角にぼんやりと影が見えた。ゲルフは――僕を見失っている。

チャンスだ。

「〝風――一の法――〟」

「そこか。――〝待機解除〟」

ゲルフの背後から三つ、発動を待機させられていた風の弾丸が放たれる。確実に塹壕に潜り込んでくるコースだ。とっさに僕は魔法を撃ち返しながら飛び出した。

「…………あ」

目の前に空気の塊があった。

『巨大なる』の修飾節《モディファイ》で威力を高められた結構痛いやつだ。

身体の真正面に膨大な風が叩きつけられて、僕は文字通り吹き飛ばされた。


その日、僕は百三十五発の魔法を撃ち込まれた。ゲルフがもし別の単位魔法《ユニット》を選んでいれば、その全てが僕の致命傷になっていたはず。つまり僕は百三十五回死んだのだ。

数日間続いた大魔法使いの修行は容赦がなく、過酷だった。

けれど、――次第に僕は苛烈な攻撃に慣れていった。まず、ゲルフの身体の大きな部分を狙う余裕ができた。その次に修飾節《モディファイ》を組み合わせる余裕ができて、魔法の弾丸を躱《かわ》しながら詠唱をする余裕も手に入れた。目を開けてよく見れば、『風の一番』は僕が木の実運びのときに避けなければならなかった虫の群れより遅い。見切るのは難しくない。僕とゲルフの撃ち合いはあっという間に高度になっていく。

どれほど森の中を走っても過酷な『お手伝い』をし続けた僕の身体は応えてくれる。自分の利点が敏捷性にあると気付いてからは、ゲルフが僕の姿を見失うタイミングが増えてきた。

だから、三日目の昼――ゲルフに魔法を当てることができたのは、必然だった。

九発の単位魔法《ユニット》を『待機』させ、万全の地形で迎え撃った。術者である僕もゲルフと真正面で撃ちあって、それでようやくゲルフの身体に一発を当てることができた。同時にゲルフの魔法が僕を吹き飛ばしていたけれど――

「何発費やしたと思っておる？　それにまだ終わっておらぬぞ。――〝待機解除〟」

「え⁉　ずるいって――ぶぁっ！」

「勝ちは勝ちだ！」

数日を経て、最初は十倍以上あったヒット数の割合が次第に近づいてくる。限りなくそれが一に近づいてきたところで、ゲルフは勝負のルールを変えた。次々に変えた。互いに足を動かせないというルールだったり、自分の後ろにある木を守らなければならなかったり……。ゲルフが剣や槍を使うこともあった。状況に対処するための様々な選択肢が、失敗の痛みとともに僕の脳内に刻み付けられていく――

そんなふうにして、『九歳の儀式』から数巡月が進んだ。

ゲルフは宣言通り、この間に何度も招集へ行った。大怪我をして帰ってくることもたびたびあって、その度にラフィアは涙を流し、騎士ジークはゲルフを褒めたたえ、僕はもやもやとした気持ちに押しつぶされそうになった。僕はそのもやもやを跳ね返すように、魔法を唱える訓練を続けた。

隙があればゲルフは僕を修行に連れ出した。

生存術にも慣れて、魔法の教えの割合が増えていく。

ある日の修行の最後、ピータ村に戻ってきたところでゲルフが言った。

「タカハ」

「ん？」

「次の招集にお前を連れていく。心しておきなさい」

登場人物紹介

Decipher by Arithmetic the Magic of Another World

プロパ

- タカハと同い年の妖精種《エルフ》の少年。
- つやんとした金髪と大きな青の瞳から『王子様』と村人たちに呼ばれている。その呼び名にまんざらでもないご様子。
- だが、あまり人の話を聞かず、小生意気な口調で反論ばかりするため、その呼び名は半分皮肉。
- タカハにライバル意識を燃やすが今のところ相手にされていない。

「ふんっ。ちょっと魔法ができるからっていい気になるなよ!」

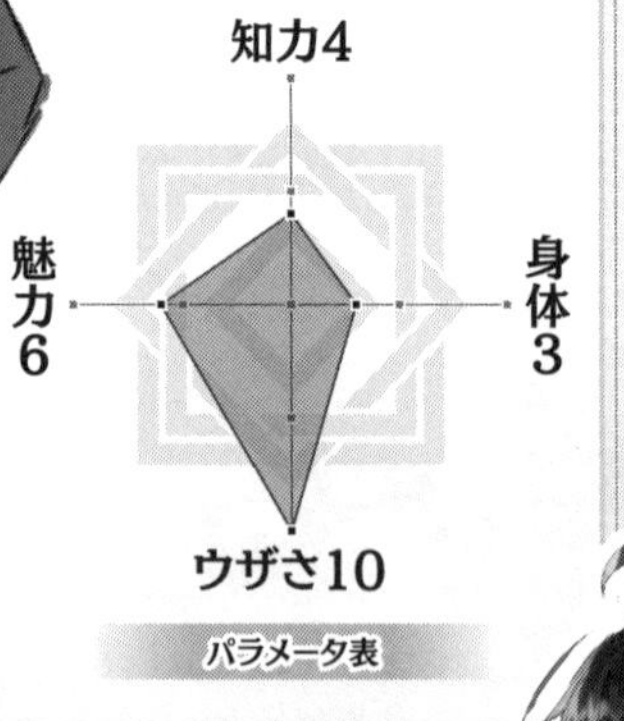

パラメータ表

同い年。組成は水12リットル、炭素が6キロ、残りはぜんぶ子どものウザさ。早く大人になってほしい。疲れるから。

第七章：「怨敵《おんてき》、ミシアの使徒を討つ！」と大魔法使いが杖を掲げる。

その日も、数日間の修行を終え、僕はへとへとになって村に戻ってきた。

へとへとという意味では、ピータ村狩猟団に見習いとして加入したラフィアも同じらしい。

「……起き上がれなくなるまで走らされるの」と、ラフィアはため息混じりに言う。「足が痛くて、疲れてなかったら眠れないくらいで……」

結果的に、ラフィアを狩猟団に入団させたゲルフの判断は正しかったようだ。

ラフィアとは『お手伝い』の内容が違うから人づてに聞いた話だけれど、ラフィアにはどうやら体術の適性があったらしい。魔法を失ったという境遇に同情した狩猟団員たちが『せめて護身術くらいは』と稽古をつけたところ、ものすごい勢いで腕を上げているのだとか。今は村一番の武術の使い手であるガーツさんがみっちりと仕込んでいる。

ゲルフは、その才能を見抜いていたようだ。

たしかに幼い頃から木登りやかけっこが得意だと僕も思っていたけれど、ゲルフはそれに加えて包丁さばきやお皿を運ぶときのバランス感覚にセンスを見出していた。僕はまったく気付かなかった。結局、僕が他の人を見定める『数字』なんてその程度のものだ。

「二人ともすごいなー」とマルムが言った。「……ほんとうに修行してるって感じだね」

「ふんっ」とプロパが鼻を鳴らした。「少しは休んだらどうだ？　父様と母様が最近はお前たちの治療ばかりしていると心配していたぞ」

――僕たち四人は、村の裏手の草原で思い思いに転がっていた。

季節は第九巡月。別名『太陽の月』が示す通り、夏のど真ん中の一番暑い月だった。春には肌寒い山のふもとの草原は夏の今こそ適温で、快適だった。やわらかい薄緑の草原を撫でるように、風がわたっていく。

「え？　なに？　プロパ、心配してくれてるの？」

「ばっ」プロパは慌てて身を起こした。「ふざけるな！　なんでオレがお前たちの心配をしなくちゃならないんだよ！」

「あ。この前プロパに治してもらったとこ、すぐに良くなったよ！　『九歳なのに回復魔法を使えるとはさすがプロパじゃ』っておとーさんも言ってた！」

「ゲルフ様が⁉」

プロパの顔が一瞬でぱぁっと明るくなる。分かりやすい猿だ。同時に、僕は少しだけ気になった。ラフィアはどこを治してもらったんだろう？　腕？　とか足とかだよね、さすがに。

「ふ、ふんっ、オレは父様と母様に教わっているからな。薬草だって使いこなせる。それに、領都のおじさまのところで勉強することが決まった」

「…………ん？」

プロパ以外の三人の頭の上に疑問符が点《とも》ったのは同時だった。

「えっと」ラフィアのうさみみがぴょこりと揺れる。「プロパ、村を出るの？」

「出る。明後日だ」

ややあって、マルムがゆっくりと言った。「……衝撃発表、だねー」

ラフィアも続く。「う、うん。びっくりした。……ほんとに、寂しくなるね」

「心配するな、マルム、ラフィア。十三歳になったらすぐに騎士になって、ピータ村での任務につく。そうすれば、また会えるから」

きらり、と微笑を浮かべるプロパはすごく王子様って感じだ。

こいつともしばらくのお別れか。

……ふむ。

「じゃあ、木の実を採ってこないと」と僕は言った。「プロパは体力無いから食糧は多めに要るよね」

「おいタカハ！　バカにするな！　領都くらいまでだったら駆け足でだっていける！」

「もうすぐ冬だから、……そうだね、私は、厚手のティーガを織るよー。……最近、できるようになったから」

「じゃあ、わたしはタカハがとってくれた木の実をお料理する！　日持ちするようにしておくね！」

「いっ、要らない！　時間のムダだぞ！　ほんとうに要らないからな！」

つんと顔を背けたプロパ。

僕たち三人は互いに顔を見合わせてかすかに笑った。

「そんなことより、タカハ、ラフィア」

くるりとプロパが顔をこちらに向けた。いつもの皮肉屋の表情でも、女の子に向ける王子様の表情でもない。どこか前のめりの無表情だった。

「——ゲルフ様は大丈夫なのか？」

プロパは形のいい眉をひそめて、声もひそめた。

「ほら、最近、ピータ村にかかる招集に全部参加してるじゃないか」

「あ」マルムは眠そうな目を少しだけ見開いて言った。「うちの父さんも、心配してた」

うん、とプロパは頷いて、「ケガをされていることも多いじゃないか。ゲルフ様のことだから万一はないと思うが、なにか理由があるんじゃないのか。あれほど招集にいくのには」

「それは……」

「おとーさんは」ラフィアが俯く。「戦いが、きびしいから……。村人に死者を出したくなくて、わしは多少魔法がとくいじゃから、って……」

「そうは言ってもな。狩猟団のことをやって、タカハに魔法をおしえて、ケガが治るまえにふたたび戦場に行く——やっぱりキケンすぎると思う。父様と母様も説得しているが、聞き入れてくださらないらしいんだ。お前たちからも言ってやるべきじゃないのか？」

反論は簡単にできる。

ゲルフの自己責任だ。ゲルフがどれほど戦場に通い詰めたとして、僕たちにそれを止めることはできない。だってゲルフは『暁の大魔法使い』。先の大戦の勝利の立役者なのだから。——と。

けれど、僕は何も言うことができなかった。

僕は一度も、そのことを話題にしたことがなかったからだ。

そもそも僕はゲルフと魔法以外の話をしたことがない。

「……うん」と応えるラフィアの声も暗い。僕よりもラフィアの方がはるかにゲルフと会話をしている。ラフィアはたぶん、ゲルフを何度も問い詰めているはずだ。けれど、確信には至っていないのだろう。

重苦しい沈黙がしばらく僕たちの間に垂れ込めた。

「……んんっ」とプロパがわざとらしく咳ばらいをして、わざとらしく話題を変えた。「そういえば、マルム。タカハに相談することがあると言っていなかったか？」

「っと。そうだった。忘れてたよー」

ねこみみを揺らして相槌を打ったマルムは、眠そうな目に戻って僕を見る。

「タカハにお願いがあるんだー。水汲み、協力しない？」

「水汲みを、協力？」

「そう。毎日、私たちは自分の家の水汲みをしているでしょー？　その代わり、一日交代でどちらかが両方の家の水汲みをするのはどうかなー？　一日は大変になっちゃうけど……もう一日は自由になる、ってわけー」

近くを流れる小川まで水を汲みにいくあの作業は子どもの身体にはすごくきつい。今日の分はまだ汲んできていなくて、それを思い出して少し憂鬱になる。……というか、マルムの家では水汲みはマルムの担当なんだな。

「ソフィばあさんからじっくりと機織りを教わりたくて……時間がほしいんだ。……あと、プロパのティーガも作ってあげたいし……」とマルムは言う。

「それなら、僕がマルムの家の分もやるよ？　マルムの家は川のすぐ近くだよね？」

「うーん。……それは申しわけないかなー。うちはお返しできるようなものがないからー」

マルムはしっかりしている。自分が他人に迷惑をかけちゃいけないと思っているフシがある。今回の申し出だって、もしかしたら精一杯だったのかもしれない。

「いいよ。僕としても、助かるから」

マルムはにこりと笑うと、「ありがとう」と言った。

「じゃあ、今日は僕が——」

「いや、言い出したのは私。今日は私が行くよ」

マルムは柔らかく微笑んだ。


「タカハ！」

夕方、魔法の鍛錬を終えて家に戻った僕を迎えたのは、老魔法使いの怒声だった。

腕を組むゲルフが土間に立っている。

「こっちへ来い！」

ゲルフの高圧的な口調に、感情が蛇の鱗のように逆立つ。こめかみのあたりに熱が生まれる。

僕は睨み返すようにしながら、ゆっくりとゲルフのそばまで歩いた。

「……」

ゲルフは無言で僕を見下ろしていた。お前は悪いことをした。なにをしたか思い出せ——目がそう言っていた。僕は、答えない。実際のところ、ゲルフが怒っている理由には見当もつかなかった。

沈黙に耐えかねたのか、ゲルフはずんずんとこちらに近づいてくると、僕の胸ぐらを掴んだ。その顔がぐい、と近づく。普段は理性的なはずの黒い瞳は怒りに燃えている。

「——今日、マルムに家の水汲みをさせたじゃろう？」

「させた」

答える僕の表情はきょとんとしたものだったはずだ。

「馬鹿者!!」

炎のような怒りが僕の全身を打ちすえる。いきなりの大声が不愉快だった。

こめかみのあたりで熱がぶくり、ぶくりと膨れ上がっていく。

「タカハ、人が生きるために必要なものはなんじゃ？」

「は？」

知らないよ。

「人の話を聞いておらんのか。水は一番重要なものと言った。生存術の基礎じゃと教えた。他人に任せるなどあってはならぬ。あれだけ鍛錬をこなして、そんなことも分からないのか」

ゲルフは僕の胸ぐらを掴んでいた手を離すと、水瓶を抱え、窓からその中身を外へぶちまけた。

「あ……っ！」

『大きな水瓶だねー。お願いするまではよかったけど、すこし後悔してるかも』——そう言いながら、額に汗を浮かべたマルムがその水を汲んできたのだ。彼女でも運べる小さな樽を使って。何度も、川とこの家を往復して。そして、その後には自分の家の水汲みをしたはずだ。

「汲んでこい、タカハ」

視界の隅にラフィアが映る。兎人族《ラビテ》の少女は青ざめた顔でこちらを見ている。

「いやだ」と僕は言った。ゲルフの目を真っすぐに見て、言い切った。「納得できない」

「……なんじゃと？」

「水を捨てたのはゲルフだ。ゲルフの失敗だ。ゲルフが汲んでくればいい」

ずんずんとゲルフが距離を詰めてくる。

「殴るんだ？」

「当たり前じゃ」

右から殴られた。なんの遠慮もなく。吹き飛ばされて、土間に落ちて、身体ががくりと力を失う。

右頬がじんじんと痛み始める。僕はわざとらしい舌打ちをしていた。

「今すぐ川に行け。今すぐ」

「行かない。ゲルフの言っていることは、滅茶苦茶だ」

「なにがじゃ？」

どくり、どくり、と熱が頭に上っていく。

……ああ。もういいや。

　僕は、なにを我慢しているのだろう。

「水は一番重要なもの？　生存術の基礎？　他人に任せるなどあってはならぬ？　……その時点でワケわかんないけど、それは置いておくよ。他人に任せちゃいけないなら、どうして僕がゲルフの分の水を汲んでこなくちゃいけない？」

「なッ！」

　ゲルフの顔に、一瞬で血が上る。

「決まっておる！　わしが家長で、お前はわしから魔法を教わる身だからじゃ」

「それとこれとは関係ないって言ってるんだ。僕の魔法のお師匠様のありがたぁいお言葉は、滅茶苦茶で支離滅裂で本末転倒で理解不能だって言ってるんだよ。ゲルフは僕の汲んできた水を使うんだろ？　他人に任せてるじゃないか！　生存術の基礎をさ！」

「師匠と弟子は他人ではない！　よいか。お前の意見に価値などないぞ。口答えしたところで、わしがお前を放り出せば、お前は野垂れ死ぬだけじゃ」

「一つ言っておくよ、ゲルフ」僕は獣のような荒い息をつきながら、老魔法使いを睨みつけた。「僕は、マルムが汲んできてくれた水は飲むけど、ゲルフが汲んできた水を飲むつもりはない」

　はっ、とゲルフは馬鹿にするような笑いを吐き出し、馬鹿にするような表情で僕を見た。

「なら、マルムから魔法を教わることじゃな。頭のよい娘っ子じゃ。優秀な魔法使いになるじゃろう。その弟子の、お前もな！」

視界が狭くなって、心臓のあたりがすぅっと冷え込んだ。なのにこめかみが熱い。燃えるようだ。

「……そうさせてもらうよ」

「なに……？」

「だって、ゲルフの魔法は——ラフィア一人だって守れなかったじゃないか！」

「————」

老魔法使いは大きく目を見開いた。

「魔法使いの武器は時間だ、魔法使いの強さはたった二つだ——なんてカッコいいこと言ってるけどさ」僕は精一杯の皮肉を言葉に乗せる。「実際、ゲルフの魔法って戦場では大したことないんじゃないの？　だって、毎回毎回、そのミシアの使徒ってやつにやられてるじゃないか」

ゲルフのひげがぶるぶると震えた。

「なにも知らぬ子どもが！　言わせておけば！」

一気に僕との距離を詰めてきたゲルフが左腕を振り上げている。僕はとっさにゲルフの右方向に避けた。ゲルフの拳は空を切る。そうしてできた空白——ゲルフの腹をめがけて、僕は思い切り頭突きをした。

「ぐぅっ⁉」

動きが鈍ったのも一瞬、すぐにゲルフの腕が僕を捕まえようと伸びてくる。僕の胸にゲルフの肩が強く当たって、息が詰まった。その隙に僕は左膝に反撃をしている。子どもの僕と衰えた老人の戦闘力はほどよい感じに拮抗していた。僕たちはもちろん全力だったが——

ついにゲルフが僕のティーガの胸ぐらを掴んだ。ずい、と引き上げられて、僕の踵《かかと》が宙に浮かぶ。けれど、僕は視線を決して逸らさなかった。顔に貼りつけた皮肉の表情を引き剥がすことはしなかった。

ゲルフが腕を振り上げる。僕は「……殴れば？」と笑う。

衝撃が左頬に走る――その一瞬前だった。

そこで、僕とゲルフは静止した。

「……ッ……。……お願いだから……」

声が聞こえたのだ。この場に居る、もう一人の、心優しい少女が涙を呑む声が。

「……やめてよ」と俯いたままのラフィアが言った。「――お父さんもタカハも！　やめてっ！」

聞いたこともないほどの大声だった。痛々しいほどの叫びだった。僕の深いところに楔《くさび》が打ち込まれる。冷たい楔だった。それがこめかみの熱を奪って、僕は徐々に冷静になっていく。

ラフィアが泣き腫らした目を僕とゲルフに向けていた。

「おねがいだから……けんかはしないで……」

自分の体を引き裂くように、ラフィアは喉を震わせた。そのまま自分の身体を抱きしめるように両腕で包み、地面に座り込んでしまう。

けんか、していたのか。

……え？　僕が？　ゲルフと？　……なんで？

記憶を淡々と追いかけて、それがどうやら事実であることに気付いて、僕は自分に呆れる。

「タカハ、お前は外に出ておれ。頭を、冷やしてこい」

「……」

僕はなにも言わずに扉を開ける。

外はしとしとと雨が降っていた。

夕方が近いせいであたりは薄暗い。気が滅入るような雨だ。家の軒先は小さく、僕の身体の半分が次第に濡れていく。

さっきの僕は冷静じゃなかった。たしかにそうだ。

でも、同じくらいゲルフだって冷静じゃなかった。

ゲルフはなにかに苛ついていたみたいだ。

そろそろ本格的に家出の算段を立てようか、と思う。そこで僕は途方に暮れる。ピータ村は閉鎖的だ。外との交流はほとんどない。家出した先でなにが待ち構えているのか。この世界のことを僕はなにも知らない。闇の中に船を出すような、そんな光景を幻視する。

首を横に振った。

僕は奴隷だ。もうすぐ十歳になる僕は魔法だってまだまだだし、一人で生き抜く術も中途半端。森の底にへばりついたようなこの生活を続けなくちゃいけない。

僕は考えに没頭していた。

だから――「やあ」という少女の声に、少なからず驚いた。

顔を上げる。茶色の瞳と目が合う。

「…………マルム？」

猫人族《カティ》の少女は森で採れる大きな葉っぱを傘にして僕の家の前で立っていた。小さな耳が湿気のせいでくたりとして見える。いつものように眠そうだが、それ以上に、悲しそうな印象だ。マルムは無言で軒先の下に入ってきた。僕は視線を外して、雨のピータ村を眺める。森の中の斜面にいくつかの家がぽつぽつと見える。寂しい光景だ。「ごめん、タカハ」と小さな声が聞こえた。

「どうしてマルムが謝るのさ？」

「水汲みのこと、私が言いださなければ……よかったかな」

僕とゲルフが大喧嘩《おおげんか》をしたことは村人の間で広まっているようだ。やっぱり小さな村だ。全部筒抜けなのだ。まあ、あれほどの大声で罵り合っていれば、聞くなって言う方が無理か。

「薬草を持ってきたよ。染みるけど、よく効くんだ」

僕は右の頬に触れた。じんっと電流のような感覚が走って、僕は表情をしかめる。

マルムを見た。悲しそうだ。だが、その表情のまま、茶色の耳の少女は笑う。

「これ、使って」

精一杯。そういう感じがひしひし伝わってくる。

「マルム」

「――――え？」

僕は思わず、マルムの頭に手を置いていた。そして、遠慮なく、ぐしゃぐしゃっとやった。茶色の髪の柔らかさと、ねこ耳が手の中で跳ね返るくすぐったい感触。

「きょ、許可なく、女の子の耳を触るのは、よ、よくないと思うよー……っ」

マルムは首をすくめている。怒っているのか顔は赤い。けれど逃れようとするわけではない。

マルムは肩をすくめて、両手で髪を整え始めた。「まったく」とか「もう」とか「これだからタカハはー」とか、ぶつぶつ言っている。けれど、こっちのマルムの方がよっぽど良かった。僕とゲルフが喧嘩をしたことまで背負い込んでしまった精一杯の表情よりは、よほど。

「珍しい薬草だね。どうやって使うの？」

「……仕方ないなー、特別に教えてあげよう」

マルムは僕を見上げるようにして微笑んだ。雨を吸い込んだ茶色の髪も、ぴょこりと小さく見える耳も、すごく女の子って感じだ。眠そうにしてるせいで普段は分からないけど、茶色の目はキラキラとして大きい。

「茎の下の方が太くなってるから、そこを噛み潰すんだ。こうやって……」

マルムは首をかしげて、薬草を噛んだ。白い歯と唇を伝って、薬草の成分があふれる。透明で少しとろっとしたそれが、マルムの頬から首へ伝う。

「出てきた汁が傷に効くからー。やってみてー」

薬草を受け取る。茎の膨らみの一つはマルムによって潰されているが、二つ残っている。噛み潰した汁は苦く、僕は顔をしかめた。

言われるままに腫れ上がった頬に塗り込む。

「いっ……」

「大丈夫……？」

最初は沁《し》みたものの、ひんやりとろっとした感触が気持ちいい。

「あ、効いてきたかも。……ありがとう、マルム」

僕とマルムはなんとなくお互い言葉をなくして、雨のピータ村を見る。雨粒が草や屋根に跳ね返る音が僕たちを優しく包んでいた。足を止めると、この世界はいつも森の匂いがする。土の気配が近くにある。

「……マルム」

「なにー？」

「マルムは気になったりしない？　ピータ村の外に、なにがあるか」

「へえ……珍しいねー」

「珍しいかな？」

「タカハにしては、だね。……私はすごく気になっているよ」

マルムは雨雲を見た。むしろ、その向こうの青空を見ているようだ。

「気になって眠れないんだー。私は世界中を旅してみたい。……正直、プロパが羨ましいよ。親戚を頼って領都に出ていけるからね」

「マルムはこの村を出たあとどうしたいの？」

「そうだねー。まずは、魔法の国を歩きまわって、それから、蒼海《そうかい》の国へ行きたい、かな」

「蒼海の国？」

「商人たちの国だよ。世界中の物と人が集まる、海の上の国なんだ。……噂でしか、聞いたことがないんだけどねー」

そんな国の存在を、僕は知らなかった。ゲルフは言わなかったし、そもそも、この村を出たことすらない僕は、この国の都がどこにあるのかすら、よく分かっていないのだ。だが、今のマルムの言葉だけで僕の想像はふわりと膨らんでいく。海の上に作られた綺麗な街、青と白のコントラスト、入り込んだ下町の商人たちの熱気、おいしい食べ物——

「ん……？」

ふいに、マルムが耳をそばだてた。その声で我に返る。

現実の僕が見ているのは、雨でぐしゃぐしゃに滲《にじ》んだ、森の中の小さな村だった。

「マル——」

唇を人差し指で塞がれた。マルムの耳と尻尾がぴくぴくと動き、あたりの音を探っている。雨は続いている。雨が葉っぱと屋根を打つ——その優しい音に混じって、たしかに聞こえた。

金属と金属がぶつかり合う雷鳴のような音。

大地と平穏を引き裂く、蹄《ひずめ》の音。

僕は村の入口を見る。数は四。全員が騎乗し、緑色のコートを羽織っている。

「……騎士様だ」

マルムが呆然と言った。

「布告——ッ!!」

ピータ村の門をくぐった騎士たちの先頭がシァハに乗ったまま叫んだ。その声を聞いた村人たちが家から出てくる。夕食の時間だからほとんどの人が家にいたようだ。ゲルフの家は村の中でも奥の方にあって、その全容を見渡すことができる。

「布告――ッ!!」

僕は家の軒先で、騎士の大声を聞いている。マルムも広場の方を見ていた。……いや。マルムは肩を震わせていた。茶色の眠そうな目には怯えの色が混じっている。

「四大公爵、ライモン＝ディード閣下の名のもとに招集する！」

騎士は雨の中、羊皮紙の巻物を引き伸ばした。

「ムーンホーク領ピータ村より四名！　戦地は南の国境深林！　集いは四日後の夕刻、ムーンホーク城の城前とする！」

先頭の騎士は書面を後ろに控えるもう一人に手渡した。慣れた手つきでもう一人がそれを広場の掲示板に打ち付ける。仕事は終えたとばかりに、騎士たちはあっさりと村から出ていった。

「タカハ」

びくり、とした。それがマルムの声ではなくてゲルフの声だったからだ。

僕は振り返る。家から出てきたばかりのゲルフの黒い瞳はマルムを見ていた。

「マルム……」

「こんにちは、ゲルフ様」

眠そうな目のマルムは物怖じしていない。騎士がいたときの方がよっぽどビビってたくらいだ。

「一つ、訊いてもよいかな？」

「はい、ゲルフ様」

「……なぜ、わが家の水汲みを引き受けた？」とゲルフが言う。

マルムは招待を受けた客人のように堂々と答えた。

「私はソフィ婆様から機織りを教わっています。……最近はずいぶんと上達し、作業も複雑になってきました。一日をかけてじっくりと教わりたくて、タカハと交代でお互いの家の水汲みをまとめてすれば、その時間が手に入ると思いました。……だから、私からタカハにお願いして、引き受けてもらいました」

「……そうか」

一瞬、ゲルフは沈黙した。

「マルム、すまないことをした。お主が運んできた水を、わしは捨てた」

「……はい」

「じゃが、その交代の約束は、ならぬ。わが家の水はわが家の者に。老人の偏屈じゃが、これを曲げることはできぬ」

「……分かりましたー」

「ちょっと待っておれよ」

ゲルフは家の中に引っ込んで、すぐに出てきた。

「これをやろう」

白くて丸いものがゲルフの手のひらに乗っている。卵だ。マルムが目をぱちぱちとさせる。

「これは、えっとー、エゼリの卵ですかー？」

「うむ。偶然見つけたものじゃがな。リリムの好物じゃ、茹でてあげなさい」

「……ありがとうございます」

「今日は帰りなさい。大人たちが会議をするじゃろうから」

マルムはぺこり、と頭を下げると、僕に「またねー」と言って、雨の中へ飛び込んでいった。

……しと、しとしとしと。

後に残されたのは、けんかをしたばかりの老人と子ども。そして、すごく嫌な沈黙。僕はピータ村を眺める。ふりをする。だってこっちから話しかけたくはない。

「……タカハ」とゲルフが言った。「行くぞ」

ゲルフの黒いローブは、すでに雨の中へ歩き出している。振り返る気配すらない。

……なんだよ。僕には謝らないのかよ。僕が悪くないって分かっただろ。

僕は両手を白くなるほど握りしめる。

ゲルフの大きな背中はもう遠い。大人の一歩は大きいのだ。急がないと、追いつかない。

ここに立ち尽くすのは、ガキみたいだ。

「ッ」

走ってゲルフの背中を追いかけた。雨が熱をもった頬を打って、痛い。ゲルフの斜め後ろを僕は歩く。沈黙のまま、僕たちは村の広場に着いた。雨なのに大勢の村人たちが出てきていて、全員が不安そうな表情をしている。

「全員いるか？」

ゲルフが村人たちに言った。瞬間、村人たちが一斉にこちらを見て、僕は緊張する。

「はい。すべての家長がこの場におります、ゲルフ様」

低く落ち着いた声で猫人族《カティ》の中年男性が答えた。中年とは言うものの、茶色の瞳は力強い光を湛えている。瞳と同じ茶色の耳は小さいが、顔立ちはくっきりとしていて、正直にカッコいい。理性的で頼もしい感じだ。

「四人、じゃったな。今回もわしが行こう。残り三人」

「ゲルフ様――」とプロパのお父さんが口を開いたのを、ゲルフは片手で制した。自主的に行くのをやめるつもりはないらしい。ゲルフはそのまま、人垣の一点を見た。視線の先には――

「……順番より先だが、わたしも行こうかねぇ」とニコニコ笑ったソフィばあちゃんが手を挙げる。

村人たちのどよめきが広がった。やっぱり招集を買って出るのはあまり例がないことらしい。

その前に、ゲルフがソフィばあちゃんに合図を送ったように見えたけれど――

「では、あと二人」

集まった全員の間に緊張感が広がるのが分かった。静電気みたいなのが流れたかと思った。そのくらいくっきりと、村人たちが緊張した。

「持ち回りの順では、誰じゃ？」

猫耳を生やしたイケメン中年がわずかに肩を落として答える。「わが家と、ヴィンの家です」

「ヴィンはいるか？」

若い男の妖精種《エルフ》が輪の中からゲルフの前へ出てきた。その顔は青ざめている。

「そうか……。お主は最近結婚したばかりか」

「はい、ゲルフ様」

若い妖精種《エルフ》が震える声で答える。招集は戦いに行くってことだ。命を落とす可能性のある場所に行くってこと。誰もが嫌がるのは当然だった。

「誰かヴィンの代わりに引き受けてくれるものはいるか？」

ゲルフは村人たちを見渡す。

「――俺が行こう」

低い声。僕は声の主を見る。イケメン中年よりもずいぶんと歳をとっている別の兎人族《ラビテ》が輪の中に進み出た。狩猟団長のガーツさんだった。

「ガーツ……よいのか？　お前は先日行ったばかりじゃろう？」とゲルフが問う。

頬に傷のあるガーツさんは、にやり、と凄みのある笑みを浮かべて、若い妖精種《エルフ》を見た。

「先日、娘をそこの若造にとられたばかりだからな。魔法でもぶっ放して憂さ晴らしをしなければやっておれん」

「お、お義父さん！」

「ええい。暑苦しい。抱きつくな。礼を言っている暇があれば、さっさと孫の顔を見せろ」

半泣きの若い妖精種《エルフ》をガーツさんは引き剥がす。

「リリム、お主はよいか？」

「はい」と答える猫耳イケメン中年。

ん？　あ、そうか。リリムさんって、たしか――

「では、明朝一番で発つ。従者を連れ行くものは指名しておくようにせよ」

さっぱりと会合は終わった。雨も降り続いているし、村人たちはそくさくと家へ帰っていく。

「明日の朝に備えてよく寝ておけ」と、ゲルフが言った。

その大きな手が僕の肩に触れる。言葉の真意を確かめようと振り返ったときには、ゲルフの背中は遠かった。それを見送る僕はイライラしている。いつもそうだ。ゲルフはいつもそう。思わせぶりなことを言って、すぐに遠くへ行ってしまう。

いや、今回はさすがに分かるよ。

僕も招集についていくってことだろ。


「で、娘とはどういう関係なんだい？　んん？」

背筋が凍えた。イケメン中年な猫人族《カティ》――マルムの父親のリリムさんが満面の笑顔で僕に問う。

冷たい笑顔ってあると思うんだ。まさにそれだった。というか、顔が近い。ふつーに怖い。

でも、僕は抵抗する。その笑顔で全員がビビると思ったら大間違いだ。

「えっと……水汲みをお願いしてお願いされる仲です」

「はい処刑〜」

「えええええええッ！」

「ゲルフ様、タカハくん、コキッとやっちゃっていいです？　コキッと」

腕を組んだ老魔法使いは重苦しい口調で言った。「……よかろう」

「そこの保護者！　『よかろう』じゃないでしょ⁉」

「大丈夫だよタカハくん。痛くはないから」

「痛みを感じなくなるわけですよね？」

「にぎやかでいいねえ」とソフィばあちゃんが穏やかな口調で言った。いや、殺されかけてるんです。イケメン中年が指ポキしてるんです。そのターゲットが僕なんです。

「ゲルフがあまりに喋らないから、タカハは喋るように育ったんだろうな。親子にはそういう側面もあると思うぜ」

頬に傷のあるガーツさんは、がはは、と笑った。一方のゲルフは黙っている。むっとしてるな。いい気味だぜ。

朝に村を出た一行は森の中の道を徒歩で進んでいる。村人たちが無事を祈って送り出してくれた。だが、その輪の中に居たマルムは悲しげな表情だった。招集への参加は順番になっていて、マルムは次にリリムさんが行かなければならないことを知っていたらしい。だから騎士たちが村に来たときあんなに動揺していた――

「これを見てくれよタカハくん」

リリムさんは白い卵を取り出した。

「エゼリの卵ですか？」

「そうだ。今朝、出発前に、マルムが俺のためにゆでてくれたんだ。君にはあげないけどね」

煽《あお》ってくるなあ。

「……とまあ、冗談はさておき」リリムさんは咳払いを挟む。「マルムは少し変わっていてね。タカハくんにはどうか仲良くしてあげてほしい」

「もちろんですよ。マルムはいい子だと思います」

「あ。ごめん。やっぱ今のなしで。俺、そこまで大人になれない」

「どっちですか」

「どっちも俺なんだ。これぞ矛盾だね！　そう思うだろう⁉」

……マルムパパめんどくさい。家の中の様子が容易に想像できてしまった。

「そろそろお昼にするかい？」と背負袋を下ろしながらソフィばあちゃんが言う。

干し肉と甘いビムの実を昼食にして、休憩もそこそこに進む。いくつかの森を抜け、山脈を迂回し、平原を進む。足がじんわりと棒のようになっても、僕たちは歩き続けた。

三日目の夕方だった。日がとっぷりと暮れる寸前、先頭を歩くゲルフが足を止めた。

「着いたぞ」

足元だけ見ていた僕は顔を上げる。

僕たちは丘の上にいて、それを見下ろす形になった。

「うわ……」

石造りの外壁がぐるりと囲む大きな都だった。立派な正門と水の溜まった外堀を備えている。その中心には背の高い城が立っていた。巨大すぎないが、翼を広げた鷹のような品のある城だった。

当然、石造りのようだ。それどころか、町の中の家にも石造りのものがある。不揃いな丸太で作られた家ばかりを九年間見てきた僕からすると、すさまじいほどの都会に見えた。

これが——ムーンホーク領都。

『魔法の国』の四大領の一つ、ムーンホーク領。その領都。

そういえばプロパはここに住むことになるんだっけ、と思い出す。

「中に泊まるの？」

「期待しちゃうけど残念。俺たちはあっち」

リリムさんが町の城壁の外を指さした。平原にテントがいくつも立ち並び、それ以上の数のかがり火が燃えている。招集に応えた魔法使いたちの仮宿といったところだろう。僕たちは荷物を整理し、野営の準備にとりかかった。


翌朝——

「四大公爵ライモン＝ファレン＝ディード閣下——ッ！」

緑を基調とした制服を着た衛兵が叫んだ。

ムーンホーク領都をとり囲む外壁の外に僕はいる。周りにはピータ村の面々。そして、ムーンホーク領の各地から招集された魔法使いたちがいる。何かを期待させるかのように楽器が勇壮なファンファーレを奏でた。

次の瞬間、僕の目は驚愕に見開かれた。

緑の布で飾られた城壁の上に姿を見せたのは、致命的なまでに太った若い男だった。この世界で僕が出会ってきた人たちは、奴隷にしても騎士にしても、太っている人なんてほとんどいなかった。対して、あの若い男――ライモン公爵は太りすぎていた。顎の下に肉の段々畑が形成され、肌のつやは驚くほどにいい。つるんとしている。卵みたいだ。体積が大きいから、宝石が埋め込まれた王冠が玩具のように小さく見える。ローブも上等で、表情は自信にみなぎっている。

「うおっほん。皆の者――」

奴隷たちの所有者にして、このムーンホーク領の絶対君主――四大公爵ライモン＝ファレン＝ディード閣下は、言った。

「……じい。おれはなんて言えばいいの？」

「閣下っ！」

無能な閣下殿と臣下のやりとりが盛大に聞こえた。音声を拡大する魔法が発動しているせいだ。魔法使いたちの間にざわめきが広がっていく。

「静まれぇ――っ！」と、門の下から衛兵が叫ぶ。

閣下はつぶらな瞳で僕たちを見下ろした。「あ、うん……。みんな、気をつけて頑張ってきてね」

「閣下っ。どうかもう少しお言葉をっ」

「いや、もういいでしょ。おれの言葉なんて関係ないんだからさ。気をつけて、頑張って。以上。

……それより、後宮でフィオナちゃんが待ってるんだ。むふふふ」

不気味な笑い声を残し、ライモン公爵はあっさりと、あまりにあっけなく、外壁の向こうへ消えていった。僕の完全な無反応なんていい方で、城壁のこちらでは殺気が広がっていく。

「……なにしにきたんだろう？」

「いいぞタカハくん。そういう素朴な疑問は忘れちゃいけない」とリリムさんが囁いてくる。

「リリムさん、あの人はすごい魔法使いなの？」

んー、とリリムさんはしばらく言葉を選んだ。

「閣下は普通の魔法使いだよ。彼に忠誠を誓う騎士たちが強いだけでね」

「じゃあ、僕でも公爵様に勝てる？」

「タカハはどうか分からないけどさ」

リリムさんは両手を広げた。

「ここに集まった魔法使いの全員を束ねたら、閣下一人に負けっこないさ。なぜそうしないか、それができないか……想像してご覧」

僕が思い出したのは――ラフィアの回路《パス》を奪った脱走奴隷の存在だった。

「奴隷たちが住む場所は定められている。移動は招集のとき以外許されない」とリリムさん。

僕はその理由に気付いた。「奴隷たちが束になられては困るからですか？」

「そうだと思うよ。そして、村という単位は足枷《あしかせ》なんだ」

「足枷……」

「ここでタカハが閣下に魔法を放ったら、罰を受けるのは誰だい？」

「もちろん、僕」

「と？」

「……ピータ村の村人たちもですか？」

「そうだ。ピータ村の全体に対して、税や招集が増やされる。これは、騎士様に聞けば詳しく教えてくれる。公開されている情報だね」

小さな村という単位でまとめておくことで魔法奴隷たち全体の力を弱め、管理する。けれど、同時に村という単位は足枷にもなっている。税や招集は村単位だから、自分一人の理由でうかつに抵抗することもできない……。僕は納得した。これは奴隷よりも少ない貴族や騎士たちがこの国を管理するための仕組みなのだ。

それにしても……と思う。このパパにしてあの娘だ。僕は眠そうなマルムからごくたまに感じる理屈っぽさを思い浮かべた。将来は大物になるかもしれない。仲良くしておこうか。

「……あ、ごめん。自分でもよく分かんないんだけど、タカハくんをコキッってしたくなった」

「『よく分かんない』を理由に死にたくないんですが」

「はっはっは」

「笑いながら接近しないでください！」

娘に対する邪念をキャッチするセンサーも搭載《とうさい》しているようだ。完璧なパパ。

「ゲルフ。タカハやラフィアとの生活は楽しいだろう?」と、ソフィばあちゃんが言った。

老魔法使いはふん、と鼻を鳴らす。「楽しいわけがない」

それを言うか、ふつう。本人の前で。

ソフィばあちゃんは苦笑した。

「まったく。それはなによりだね」

…………ん?

ゲルフと、ソフィばあちゃん。

二人を九年間も見ていてすごく今さらなんだけど、僕のセンサーも反応したかもしれない。

「点呼をとる――ッ! 村ごとに集い、列をつくれ――ッ!」

城壁の方から声がした。ぼんやりと魔法使いたちの列が形成される。

「……ゲルフ様にソフィ様」

「……おお。ポーンではないか。息災《そくさい》か?」

ゲルフとソフィばあちゃんは話しかけてきた妖精種《エルフ》の男と会話を続けている。

僕はガーツさんに近づいた。「ねえねえ、ガーツさん」

「どうした? タカハ」

「ゲルフとソフィばあちゃんって」

「……ああ」と、ガーツさんは相好を崩した。「二人とも絶対に言わないだろ? あの二人は夫婦だったんだよ。今は違うけどな。ついでに言うなら、戦場でコンビを組んでたこともある。ばあさんにも『瞬光の繰り手』っていう二つ名があるんだ」

ばあちゃん、得意技は雷魔法と言っていたっけ。二つ名がカッコよすぎる……。

ガーツさんいわく『いつの間にか結婚して、いつの間にか別れていた』らしい。二人の間に子は生まれなかった。ソフィばあちゃんは兎人族《ラビテ》、ゲルフは人間《ヒューマン》だ。ふつう人種が違っても子どもは問題なくできるはずだが、二人の間にはなかった、と。たしかに僕が二歳くらいまではソフィばあちゃんが何度も家に来てくれてた。

ゲルフは僕を拾ったとき、どんな気持ちだったのだろう――とふと思って、そのよく分からない考えは泡のように消えた。

列はだいぶ進んで、「ピータ村」と、騎士が言った。僕たちはその騎士の前に進み出る。緑のコートが揺れ、羊皮紙と羽ペンが音を立てた。ゲルフが人数を報告する。足りている。それどころか僕を加えれば余っている。

「従者か？」

顔を上げると若い騎士が僕を見ていた。新種の生き物を見つけたような、きょとんとした表情だ。

「わしのです。使えはせぬが、迷惑もかけぬ。置物です」とゲルフが言った。騎士はゲルフに視線を戻した。僕への興味は終わったようだ。よかった。あと少しで睨み返しているところだった。

「『暁』。今回も期待しているぞ。……ピータ村の全員は赤の転移座へ！」

騎士はゲルフに二言三言を告げたけれど、僕は聞いていなかった。

た。

……転移座？

おかしいと思っていたのだ。ムーンホーク領都に戦争の気配はこれっぽっちもない。つまり、ここからさらに移動しなければ戦場にはたどり着けないはず。にも関わらず、ゲルフもソフィばあちゃんもガーツさんもリリムさんも、まるで目的地に着いたかのように荷物をテントに置いて来てい

転移座……やっぱり、人を転送する魔法？

よく見れば、正門の前の平原にミステリーサークルのようなものが描かれている。ほとんどの魔法使いが進んだ緑や青は大きい。黄色は少し小さくて、赤にはまだ数人の魔法使いしかいない。

「ゲルフ様！」「暁の！」「おお、これはソフィ殿まで！」「勝てますな！」「ゲルフ殿！」

赤の転移座に居る数人の魔法使いたちのほとんどとゲルフは知り合いのようだ。

「ああ……。赤だよ……」とリリムさんが悲痛な声で言った。

「それほど変わらぬよ」

ゲルフはリリムの肩を叩いた。「わしやソフィを盾として、お主は落ち着いて詠唱するといい」

「い、いえっ。自分は――」

「わしよりも詠唱が下手。そうじゃな？」

「……はい」

「ならば年功など気にするでない。わしとソフィの後ろから、じゃ」

「ありがとうございます」

「タカハ」呼ばれて、僕はゲルフを見る。「思った通りにやってみよ。魔法を使うタイミングは任せる。よく見て唱えよ」

「はい」

言われなくても、というやつだった。

「久々に赤か。腕が鳴るな」とガーツさんが肩をごきりごきりと鳴らした。

「赤ってどういう意味？」と首をかしげた僕に、ばあちゃんが説明してくれる。「戦いの一番激しいところに直接転移して、そこの戦況をひっくり返す、まあ、すご腕たちってことだね」

「俺たちの国ならではの戦法さ。少人数の精鋭を敵が予想もできない角度から放り込んで混乱を狙うんだよ」

作戦の立体感に少し驚く。他の国の人は魔法を使えない。そう考えると、転送魔法って常識破りなくらい強いはずだ。軍師がいて、その人がタイミングを決めて転送魔法を使うんだろうか。

「……あ」

僕の見ている先で一番多くの魔法使いを乗せた青の転移座が光り始めた。ミステリーサークルのように見える陣から粉雪のような光が巻き上がり、魔法使いたちを包む。眩しくて中が見えない。光が終わって、魔法使いたちは忽然《こつぜん》とかき消えていた。

少し遅れて緑が、やや遅れて黄色が転送されていく。僕の緊張はピークに達しようとしていた。

——が、衝撃はいつまで経ってもこない。

「わしらはもっと先じゃよ」

そうか。奇襲する精鋭部隊だもんね。すぐには行かないってことか。

ソフィばあちゃんが微笑む。「ファムの実でも食べるかい？」

「食べる！」

不覚にも僕の声は元気いっぱいだった。魔法使いたちが笑う。恥ずかしい……。ファムの実は甘くてしゅわしゅわとする不思議な木の実だ。森の奥の方に行かなければ採れないし、採ってもいい数が暗黙のルールとして決められている。正直、大好物だった。

僕はソフィばあちゃんが差し出してくれた木の実を受け取った。

――足元のミステリーサークルが赤い光を放ったのは、そのときだった。

「早いな」と、ゲルフが言う。

その表情は固く、視線は鋭い。

「皆の者、身構えよ。よくない風じゃ。防御の詠唱の用意を」

さ、と全員の間に緊張が広がる。僕はファムの実を受け取ったままの姿勢で呆然としている。

「行くぞ」

息を吸う間もなかった。

ぐるん、と世界が反転した。

僕の表が裏になって、外が中になる。

もう一度、反転した。

僕が目を開けたそこは、戦場だった。

まるで、映画のシーンがぶつりと切り替わったみたいだった。ぴぉぉぉぉ、ひぉぉぉぉ、と鳥が鳴いているような音が響く。音の方——空を見上げて驚く。暗く垂れ込めた雲の下、それを引き裂くようにいくつもの炎の塊が飛んでいった。炎の塊はゆるやかな放物線を描いて、数百メートルくらい遠くに落ちた。

ずん。めり……ッ、と数十発の炎の柱が立ち上がる。

それぞれの根本で人の形をした影がいくつもいくつも紙切れのように吹き飛ばされている。

「押されておるな」

ゲルフの声は淡々としている。

……え？　押されてるの？　今の炎はこっちの攻撃でしょ？

炎の柱が消えて、爆炎が吹き流されて——僕はゲルフの言葉の意味を知った。

地平線を埋め尽くすほどの人、人、人——黒い鎧で武装し、盾や弓を構えた敵がゆっくりとこちらに迫ってきている。これほどの人の集団を僕は見たことがない。千の単位は超えている、万の単位だ。なんでもそうだが、集まりすぎると不気味に見える。不気味すぎて、膝が震える。

「相手にとって不足はないね」とリリムさん。……あれですか。一人で百人倒せ的な精神論ですか。

赤のミステリーサークルで転移した僕たちの他に、味方の数は少ない。全部合わせたって二百人はいないように見える。

『――暁』

声が聞こえた。低い、男の声だった。誰もいないところからの声。

魔法だ。ゲルフは何もない空間に向かって、うやうやしく頭を下げる。

「お久しぶりです、騎士総長」

僕は顔をしかめる。ゲルフに声をかけてきたのは騎士を束ねるボスらしい。

『敵の戦力は予想の数倍だった。直接の戦闘では勝てない。平原を沈める大魔法が完成するまで、そこを死守せよ』

「時間は？」

『半時でいい』

「……相変わらず無茶をおっしゃる」

『なぜ』

「もちろん死力を尽くします」

『それでいい』

魔法の通信はぶつり、と途切れた。

えっと、確認してもいい？　持ちこたえろって？　まさかあの数万人を相手に、この二百人で？

滅茶苦茶だ。騎士はやっぱり頭がおかしい。

「ゲルフ様……」

他の魔法使いたちが不安げにゲルフを見る。

「案ずるでない」

ゲルフは黒いローブを翻す。

「少々厳しい戦いとなりそうじゃが、みなで帰ろう。なに、たったの半時じゃ。……風属性の使い手は手を挙げてほしい。……うむ、では、そこの十人。『風の二番《ヘビィウインド》』で風の防御障壁を生み出してくれ。矢を一本たりとも通してはならぬ。残りは――」

暁の大魔法使いの言葉を、全員が聞く。

「残りは、小手先のことなど何もない。死に物狂いで、得意の魔法を放て」

「「「おおおおおおおおお――ッ!!」」」

魔法使いたちの怒声が応える。

「〝火―三の法――〟」

ゲルフが呪文を唱えるのと同時に周囲のマナが十四個一気に消えた。さっき空を走った火球よりも倍近く大きい火球が一つ、ゲルフの正面に出現する。巨大化した『火の三番《マグナスフィア》』。その放つ熱が僕の頬をあぶる――のも一瞬、大火球は敵陣へ飛んでいった。

着弾。

遠いせいで音は聞こえなかったが、着弾点から巨大な炎が湧き上がる。

「〝風―六の法――〟」

ソフィばあちゃんの詠唱が終わるのと同時に、十二個のマナが一気に消え、ばあちゃんの手元には電撃の塊が出現した。バチィッと大木を縦に引き裂いたような轟音とともに、電撃が敵陣に向けて疾走する。それは雷神が無慈悲に振るった鞭だ。人が雑草のようにバタバタと薙《な》ぎ払われる。

「〝土─六の法──〟」

「〝水─十二の法──〟」

「〝空─七の法──〟」

巨大な岩石の槍が、水の塊が、ブラックホールのような未知の塊が、次々と放たれる。魔法使いたちの呪文の詠唱は全部似ていて、まるで虫の大群の中にいるみたいだ。魔法使いたちは淡々としている。その中で、ゲルフはそもそも詠唱が早い。炎系のド派手な魔法を絶え間なく撃ちまくってる。ソフィばあちゃんも雷系を連射。インターバルが短すぎて、後光が差してるように見える。『暁の大魔法使い』に『瞬光の繰り手』。夜明けのような炎魔法と、閃光のような雷魔法の使い手。仰々しい二つ名に僕は納得する。そういう類の光景だった。

敵との距離はじわじわと近づいていて、三百メートルくらいになっただろうか。仲間が次々と弾き飛ばされながらも、彼らは足を止めない。じわじわ距離を詰めるだけじゃなくて、空を埋め尽くすくらいの弓矢で反撃してきてるけど、数人の魔法使いが作り出す風の障壁に弾かれ、こっちには届かない。

僕の最初の動揺はだいぶ消えていた。

魔法使いの力は戦場でこそ圧倒的だった。魔法の一つが到達するたびに笑えるほどの数の鎧が吹きとぶ。にも関《かか》わらず、一人の魔法使いは十秒に三、四回の詠唱をこなせる。それが二百人弱居るのだ。いくら人数が多くても、敵は攻め切れていなかった。

それにしても――『鉄器の国』、なんか怖い。『鉄器の国』にも騎士がいて、兵士たちは支配されているのだろうか。精神をコントロールする技術があるとか……？　そうでなければ、雨あられと降り注ぐ魔法の中を進むことなんてできないだろう。

そのとき、僕は気付いた。僕だって攻撃するべきだ。だって僕はもう魔法使いなんだから。

……行こう。

僕は『対訳』のスイッチを精霊言語に切り替える。

「〝火―三の法―巨大なる一つ―今―眼前に〟」

選んだのは、ゲルフと同じ詠唱。

単位魔法《ユニット》は『火の三番《マグナスフィア》』、六マナ。巨大化に四マナ。

時間と場所の指定に二マナずつ。

「〝――ゆえに対価は十四〟」

次の瞬間――

熱が、僕の顔をあぶった。

光が、僕の目を焼いた。

僕の身体の真正面には大きな火の玉が出現している。僕の身長よりもずっと大きい。大人の身長よりももっと大きい火の玉だ。まるで忠実な執事のようにその魔法は僕の前に控えている。待っているのだ。僕の命令を。僕のイメージを。

「行けっ！」と思わず叫んでいた。

僕の言葉に応えるように、大きな火の玉は急激に加速した。斜め上方向に走り、あとは放物線。イメージする。落下点は黒い鎧の戦列の中ほど。盾を構えた最前列の兵士たちのその後ろに、この膨大な熱量を投げ込む――！

僕は見た。僕の放った大火球《マグナスフィア》が橙の炎の柱を立ち上げる。その衝撃が鎧の兵士を吹き飛ばし、飛び散った熱の余波が兵士を焼き尽くす。

すごい。

魔法、すごい。

僕はたった六節の呪文を唱えただけだ。それだけで、こんなにすさまじい威力の魔法を放てる。

――敵の矢が止んだのは、そのときだった。

「……む」

ゲルフが詠唱を止めて呟いた戸惑いの声が、僕の耳を揺らす。

見ている間に、黒鎧の敵の戦列に、大きな切れ目ができた。

その真ん中に――一人の男が姿を見せる。

金色の豪奢の刺繍がほどこされた法衣を身にまとう若い男だった。金色の髪と澄んだ青の瞳が整った顔立ちの上に予定調和のように収まっている。だが、単なる柔らかい顔立ちの青年ではない。

その法衣の下にはギリシアの彫刻のような鍛え上げられた肉体が隠されている。

戦闘の真っただ中だというのに、黒鎧の兵士たちが恭《うやうや》しく頭を垂れる。

「貴様を、待っておったぞ。……ミシアの使徒」

僕は思わず振り返る。それは『鉄器の国』で最強の神秘使いの名前ではなかったか。

あいつが――鈴木なのか。

ゲルフの呟き声はいつものようにしゃがれて、淡々としているように聞こえたけれど、全然違う。抑え切れない感情をなんとか呑み込みながら喋っているように、その言葉の端は震えていた。指の関節が白くなるほどに杖を握りしめながら、ゲルフはソフィばあちゃんに向き直る。

「ソフィ、手を貸してくれるか」

ばあちゃんはニコニコ笑って応えた。「当たり前だよ。私はそのために来たんだ」

「ガーツ」

名を呼ばれたピータ村の狩猟団長も豪快な笑みで返す。「おう。こっちは任せときな。俺だってそのためにわざわざ来たんだ。しくじるんじゃねえぞ」

「え、なに？　タカハくん、なにか知ってる？」

「……」

リリムさんと僕だけが取り残されていた。

ゲルフは僕を見ることなく、魔法使いたちに声を張った。

「――みな、聞いてくれ！」

ゲルフは腹の底から大声で叫んだ。その声は敵陣にも届いたのではないかと思わせるほどだった。

「わしとソフィが、怨敵『ミシアの使徒』を討つ――！」

「「おおおおおおお――ッ!!」」

魔法使いたちの怒声は地鳴りのようだ。

一騎打ちとはちょっと違うけれど、名乗りを上げて敵の武将を討つという形式は、僕が想像していた以上に味方の士気を上げるようだ。明らかに放たれる魔法の密度が増した。

僕は魔法を唱えることもできず、呆然とその様を見ている。

敵陣で『鉄器の国』で最強の神秘使いが腰から剣を引き抜いた。余裕さえ感じさせる仕草だった。

緊張が高まっていく。ゲルフとソフィばあちゃんは今すぐにでも駆け出す姿勢だ。ミシアの使徒もまた、ゆっくり前傾姿勢になって――「――」

その口が、かすかに動いた。

音は聞こえなかった。

けれど、たしかにこう呟いたように見えた。

――「間抜け」と。

見間違い……じゃない。嫌な予感が電流のように背筋を走る。僕は慌てて周囲に視線を走らせた。

その途中で、僕は首を戻した。――視界に金属の輝きが映り込んだような気がしたのだ。

魔法使いたちの背後には森が広がっている。ピータ村と同じ深い緑の森だ。

その森の中に。

――数え切れないほどの金属の光沢がぎらりと光ったのを、僕はたしかに見た。

「後ろだッ!!」と叫ぶ。

魔法使いたちは完全に、正面のミシアの使徒に意識を奪われていた。

だからこそ――この奇襲は完璧に成った。

時間が、引き延ばされていく。

無数の金属の光沢は、矢だ。

――お前の好きなようにやってみよ――分かってる。呪文。土属性、『壁』の呪文。大人たちのほとんどは正面に詠唱をしているところだ。何人かが振り返って状況に気付いたけれど、僕がまっさきに詠唱できる。僕が大人たちを助けられる――単位魔法《ユニット》は『土の十一番』、対価は三――ソフィ、手を貸してくれるか――ゲルフの声が脳裏に蘇って、呪文を組み立てられない――どんどん動揺していく、対価の計算ができない――算数が――三足す二足す……あれ？

「〝土―十一の法―巨大にして堅牢なる一つ―今―眼前に〟」

動揺が呪文の完了を一秒は遅らせた。

その一秒は、どんな一秒よりも貴重な、一秒だった。

「〝ゆえに対価は十四〟――」

僕が詠唱を終えるより――ほんの少し早かった。

戦場に二千個くらい重なったひゅぅんという音が響き渡る。

「馬鹿なッ!!」とゲルフが叫んだ。

僕は見る。

森の中から横殴りの雨のように迫る巨大な金属の矢を。

僕の目の前をかすめ飛んで行った矢の羽を。

黒っぽい金属の矢に串刺しにされ続ける二百人の魔法使いたちを。

そんな死の光景を。

「か、……っ」

——胸のど真ん中を巨大な矢で貫かれた、リリムさんを。

ピータ村の五人を庇《かば》う大きさの土の壁が立ち上がったのは、そのときだった。どすどすどす……ッと壁に金属の矢が突き刺さる音が響く。リリムさんの身体が車に跳ねられたみたいに宙を舞っている。

「リリムさんッ！」

僕は仰向けに倒れたリリムさんに駆け寄ろうとして——

「タカハッ！　いけないッ!!」とばあちゃんが叫んだ。

何がダメなんだ。

すぐに理解できる。

土の壁の外にはみ出してしまえば、死の雨に身体をさらすことになる。僕はリリムさんの腕だけを掴んで、なんとかこちらに引きずりこんだ。そのわずかな時間にリリムさんの胴体と足に数本の矢が突き刺さる。びくりびくりとリリムさんの身体が震える。

「リリムさん！　リリムさんッ！」

僕の声を聞いたイケメン中年は土気色の顔で弱々しく微笑むと、親指を突き立てた。マルムと同じ茶色の耳はくたりと垂れている。唇が動く。声は出ない。代わりにロゼの花びらを煮詰めたような赤い鮮血が口からあふれだす。胸の真ん中に突き刺さった矢の根本から、かひゅうかひゅうと風が鳴いているような音がする。

「処置をするぞ！　タカハ！」

ガーツさんが僕のすぐそばに屈んだ。

「……ッ……っ……」

リリムさんは胸のポケットから白いものを取り出して、強引に僕の手に握らせた。エゼリの卵だ。マルムにもらったと言っていた、エゼリの卵。わけも分からず僕はリリムさんの目を見つめ返す。茶色の瞳が、その目元が、微笑んでいる。

「ソフィ、『焦熱の揺らぎ』じゃ！」

「はいよ！」

ゲルフとソフィばあちゃんの詠唱が重なる。

「〝土─九の法──……〟」

「〝火─一の法──……〟」

二人が何をしたのか、意識を向けていなかった僕は知らない。つうん、と灯油のような臭いがして、風が吹いた。次の瞬間、その風が爆発的に燃え広がった。範囲も凄まじく広い。奇襲した兵が隠れる森を焼きつくすほどだ。

矢の雨が止む。すでに二人は追撃の詠唱に入っている。

「ぬんっ」

ガーツさんが、リリムさんの胸に突き刺さった鉄の矢を引き抜いた。リリムさんは本当に苦しそうな表情をして身体を痙攣させた。リリムさんの胸の真ん中にぽっかりと空いた大穴からは、その暗さを塗りつぶすように、次々と血が溢れてくる。

「〝水─八の法─今─眼前に　ゆえに対価は十〟──ッ！」

僕はゲルフの教科書で知っていた水属性の回復魔法を唱えた。リリムさんの身体をぼんやりと青い光が包み、消える。わずかに出血の量がゆるやかになった以外、変化はない。

「誰か！　誰でもいい！　回復魔法を使える者は──ちぃっ、正面も本気で押し込んできたか」

ガーツさんが平原の側を睨みながら言う。雨あられと降り注ぐ矢に加えて、ミシアの使徒が放つ純白の光が魔法使いたちを蹂躙していく。

「全員、転移座にマナを込めよ！　戻るぞ！」

ゲルフが叫んでいる。

──僕はすべてを無視して、『癒し』の魔法を連続で詠唱していた。

青い光。

青い光。

リリムさんが片手で僕を制する。人差し指が転移座を指している。やめるもんか。リリムさんはマルムの父親なんだ。あいつだって僕と同じ九歳なんだ。リリムさんがこんなとこで死んでいいわけない。

音が溶けていく。自分の声が分からない。視界が滲む。

『うふふふっ』と女の人が笑う声が聞こえた。水の精霊様だ。『そんなに私を呼んでくれるの？』

マナが僕の身体を貫通してどこかへ通り過ぎて行く。そのたびに、僕は僕であるための何かを失っていく。心臓のすぐ横をマナが擦過《さっか》していく。その熱が僕を焼き尽くす。

くれてやるよ精霊様。

その代わり、この人を助けてくれよ。

『んー』と声が言った。『――――残念だけど、それだとちょっと無理かなあ』

「――タカハッ!!」

果てしない遠くから、ゲルフの声がした。

僕の意識はそこでぶつりと途切れた。

第八章：「話すことは……二つある」と老魔女が言った。

目を開けると、自分の家の天井が見えた。匂いと光の加減で朝だと分かる。雨の降っている湿度を肌で感じる。空気がしっとりとしていて心地いい。身体を起こして伸びをした。完璧で気持ちのいい朝だ。

「う……ん？」

違和感を覚える。

僕はどうして気持ちのいい朝を迎えてるんだ？

——がしゃん、という大きな音に僕は肩を震わせた。

「タカ、ハ……？」

部屋に入ってきたラフィアは、信じられないものを見つけたかのように僕を見ている。だが、それはお互い様だった。ラフィアの青い大きな目の下にはクマができていて、ベージュ色の髪は乱れに乱れていた。髪と同じ色の大きな耳もくたりとしていて、毛並みを整えていないのが分かる。やつれている。

「ラフィア……？」

「タカハだ……。タカハが起きた。タカハぁッ！」

みるみるうちに、青い瞳にキラキラしたものが溜まっていく。ラフィアは弾丸みたいに飛び込んできた。ばすん、と僕たちはぶつかって、受け止め切れない。

「ら、ラフィア……」

「みんな、ひっ、ボロボロで……っ。タカハもケガしててっ……。わたし、わたし……っ。もう、タカハっ、起きないんじゃないかと思って……っ」

僕を抱きしめながら、ラフィアは震えていた。仰向けで天井を見ながら少女の体重と体温を感じる。軽かった。小さかった。なのに、熱い。すごく、熱い。乱れてるけどふわふわの髪からはやっぱりいい匂いがする。

「ありがとう。ラフィア」

「もうイヤだよっ。招集なんてイヤっ。絶対……っ。タカハぁ……」

ラフィアの細い腕が、確かめるように、僕を強く抱きしめている。

『みんなボロボロで』とラフィアは言った。『招集』とラフィアは言った。

僕はすべて思い出した。最低な騎士たちや、転移するための陣、赤い光、そして始まったひどい戦いと、ゲルフやソフィばあちゃんの強さと、そして――

「リリムさん」

その瞬間、ラフィアは息を呑み込んだ。ラフィアは腕をあっさりと解くと、後ずさって僕から離れた。瞳には怯えの色が混じっている。ラフィアは分かってる。僕が訊こうとしていることを。そして知ってるのだ。その答えを。

でも――僕には問うことしかできない。

「リリムさんは、無事なの？」

ひっ、とラフィアの喉が鳴った。ラフィアは小さな両手で顔を覆った。しゃくりあげる音だけが部屋に充満していく。その音はまるで固体みたいに部屋の中にどんどん溜まっていく。

それが答えだった。

――リリムさんは死んだ。

「……ッ」

瞬間、僕の脳裏をよぎったのは、僕の大火球の魔法が弾き飛ばした黒鎧の兵士の姿だった。爆炎に焼き尽くされ、その衝撃に四散した、数人の姿――そのときはなにも感じなかったはずなのに、リリムさんの土気色の顔がその光景に重なる。その全員がリリムさんの死体にすり替わる。不気味な妄想が一瞬で膨れ上がる。

僕が、殺したんだ。

たぶん、覚悟をする間もなくあの兵士たちは死んだ。彼らも僕と同じように一対の目玉を持って、匂いを嗅ぐ鼻があって、笑顔を浮かべるための口を持っていた――

「〜〜っ！」

喉に異物がせり上がってくる。

僕は堪え切れず、布団のそばに嘔吐した。

「タカハ……！」

ラフィアが慌てて背中をさすってくれる。胃の中は空っぽで、吐き出す物は胃液しかないのに、痛みを伴うその痙攣はかなり長い時間続いた。

「……はっ……はっ……」

「タカハ、タカハぁ……」

なぜか泣き出してしまったラフィアに精一杯の笑顔を向け、口元をぬぐう。

取り乱した。戦争というルールの中で、僕は魔法を使った。なら、僕には取り乱す権利さえないはずだ。『数字』を思い出す。理屈を積み重ねる。招集に行くと決めた時点で、もっとしっかり覚悟しておくべきことだった。喉の震えを意思の力で封じ、僕は吐しゃ物を片付けた。

「——ラフィア」

声が鋭くなってしまった。びくり、と少女の肩が震える。僕は既にベッドから下りて立ち上がっている。ふらつく太ももに無理やり力を込める。胸の底がひどく痛み、僕はせき込む。

「行こう」

「どこへ……?」ラフィアは怯えている。「どこへ行くの?」

「決まってる。マルムのところ」

ラフィアが唇を噛んだ。

「マルムは……」

「今のマルムを一人にしちゃいけない。僕はそう思う」

その言葉で、ラフィアの目に光が戻ったように見えた。「うん。行こう」とラフィアは言う。

僕たちは一緒に家を出た。雨が降っている。気にしないで僕たちは突き進む。マルムの家は川のそばにある。僕たちの家から見て、ピータ村の反対側だ。遠い。

マルムは弱い子じゃないと思う。

けど、どんな強い人間だって耐えられないだろう。

早足で歩く。雨が髪の毛を重くして視界を狭める。

僕たちはマルムの家の前に着いた。大樹に寄りかかるように作られた家は、ひどく小さく見えた。

一瞬、僕は言葉を失う。

「～～♪　～～♪」

マルムがいた。雨の中、鼻歌を歌いながら、家の前を箒で掃いている。ばしゃりばしゃりと泥が飛び散り、足元にかかるのも構わずに、マルムはそれを続ける。鼻歌を続ける。ばしゃり、ばしゃり。それは、そもそも掃除ですらない。家の前の泥をかき回しているだけだ。

僕は、歯を食いしばる。

「マルム」

「……ん？」

茶色の耳がぴくりと揺れて、マルムがこちらを見る。いつものマルムだった。眠そうにまぶたが落ちていて、知り合いを見つけたことに少し驚く、いつも通りのマルムだった。

「やあ、タカハ。目を覚ましたんだねー？」

具合はどう？　とマルムは言う。

「……最悪だよ」

「まだ休んでいた方がいいんじゃないかな？」

僕はそれを無視する。マルムの目を見る。

「……ええと。つまりー、タカハは私に用がある？」

マルムはいつも通りだった。完璧だ。すごい。

「渡すものがある」

マルムの心を解き放つ手段を一つしか思いつかない。それは子どもっぽいやり方だ。けど、知るもんか。僕は服の中から白い卵を取り出した。――リリムさんが最後に渡してくれたエゼリの卵だった。マルムの表情が、凍りつく。

「茹でたエゼリの卵。プレゼントするから。食べて」

「……要らない」

「マルム」

びくり、と少女は身を縮ませた。それを無視して、僕は家の壁で卵の端を割った。つるんとした半球が露出する。白い半球はびたびたと雨で濡れていく。

「ほら」僕はそれをマルムに突きつけた。「食べるだけだよ。できないの？」

「……うん、そうだね。エゼリの卵を食べるだけだ」

マルムは恐る恐るだったが、いつも通りの仕草でそれを受け取った。小さく口を開いてマルムはそれを食べる。白身が少女の喉を滑り落ちていくのが分かる。

「おいしい……」とマルムは言った。

「僕は、それをある人からもらったんだ」

「……ぁ」

「その人も、誰かにもらったんだよって自慢しててさ。『大切なものだから食べられない』って言ってた」

「……いやぁ」

「その人が、僕に渡してくれたんだ」

マルムの目が大きく見開かれる。肩が小刻みに震え始める。

「……うううううううううっ」

マルムは顔をぐちゃぐちゃにしながら、ばくばくと卵を食べ切った。ラフィアが抱きつく。

「うううあああああああああッ!!」

ざあざあという雨の音の中、マルムは喉が裂けるほどの声で泣いた。

「マルム……マルム……っ」

ラフィアがその背中を優しく撫でている。黒い影がマルムの家の門に姿を見せた。ゲルフだった。

だが、ゲルフは僕たちの様子を見ると、何も言わずにその場を離れた。

髪の毛が重くなっていく。初めからそこにあったように、後悔が胸の奥から姿を見せた。

僕は、あのとき――奇襲されたことに気付いたあのとき、ひどく動揺した。そのせいで、『土の十一番』の魔法を作り上げるのが、一秒も遅れた。

一秒だ。一秒あれば――リリムさんは助かっていた。

「……くそっ……」

僕のせいだ。魔法も、水の精霊様も、騎士も、鉄器の国も、――関係ない。状況の中で僕が一番、リリムさんを救える可能性に近かった。僕にもっと魔法の自信があったのなら、すくい取れたかもしれない。マルムが家族を失わずに済んだのかもしれない。

でも、可能性の滴は僕の小さな手のひらをすり抜けていった。

「タカハ」

僕の手を、誰かが掴んだ。ソフィばあちゃんだった。黄金色の小さな瞳が僕を見ている。ソフィばあちゃんはゆっくりと首を横に振って、僕の手のひらを解いた。そこで気付く。自分の爪が親指の付け根に食い込んで、痛々しい痕《あと》が残っていた。なのに僕はその痛みを感じない。

「……みんな、家に入るよ」と、ばあちゃんが言った。


マルムの家の中は時間が止まっているみたいだった。お兄さんが数年前に都へ出てから、マルムはリリムさんと二人暮らしだったらしい。整理整頓されたキッチンはマルムの仕事場だったのだろう。狩りに出るリリムさんをマルムはそこから見送っていたに違いない。

マルムは泣き疲れて眠っていた。ラフィアがそばについてくれている。

「話、って……?」

僕はソフィばあちゃんと向き合っていた。

「そう、だね……」

ソフィばあちゃんは言葉に迷っている様子だった。頭がよくて、歯切れのいいばあちゃんらしくない。いつもニコニコとして優しそうだけれど、本当は得意の稲妻の魔法のような性格なのだ。そういう意味で、らしくないと思う。

「話すことは……二つある」

「二つ？」

「一つ目は、ゲルフがあれほど頻繁に招集に行っていた理由さ。言わなかったんだろう？　会話を聞いていておかしいと思ったんだよ」

ばあちゃんはため息を吐き出して、言った。

「ゲルフは騎士団長と顔見知りでね。約束をしていたんだ。……『ゲルフが招集でミシアの使徒を討ち取れば、ラフィアの肉体奴隷としての仕事を生涯免除する』っていう約束をね」

絶句した。

招集へ行っていたのは、ラフィアのため……だって？

「……な、んで……」

「使徒だからこそだよ。討ち取れば国中がちょいとした騒ぎになるくらいの大物なのさ。肉体奴隷の一人や二人どうとでも動かせるくらいのね。……だからゲルフは招集にばかり行っていた。隠居していた身分だからね……。そのくらいの花火を上げないと、ラフィアを助けるのは無理だったんだ」

「……ばあちゃんも」

「ああ。手を貸すつもりだったんだが……面目もないよ。綺麗に足元をすくわれちまった」

唾を飲み込む。

「もう一つは？」

「うん。……ゲルフは精霊様に召されるという話はしたかい？」

僕は記憶の森をさらった。首を横に振る。「召される？」

「そうかい。じゃあ、その話からしよう」

ばあちゃんは丸太を切った椅子に僕を座らせると、自分もその向かいに座った。窓の外はしとしとと雨が降り続いている。

「魔法は便利な力だろう？」

「うん」

本当に、そう思う。あれほどの力を言葉だけで引き出せるのだから。

「でも、そんな魔法にも当然、限界があるんだ。それが召されるってことだよ」

「えっと……死んじゃうの？」

「いいや。精霊様は命まではとらない。……魔法には何が必要だと思う？」

「呪文と……マナ？」

「それに、魔法使いの体だ。呪文は精霊様への願い。そして、マナは力の塊。マナは人の身には受けとめ切れないものすごい量の力で、魔法使いは、それを自分の体を――回路《パス》を通して精霊様に納めている。だから、短い時間にマナを通しすぎると、精霊様への道が溢れてしまう」

つまり、魔法のオーバーロード。

電流を通しすぎた回路は焼き切れる、ということか。

「それが召されるってことだ。噛みつかれるのと同じだね。魔法使いとして、死んでしまうのさ」

僕は唾を飲み込んだ。ごくり、というその音がいやに大きく聞こえた。

「僕は、この前の招集で、『癒やし』の呪文を――」

「数え切れないほど唱えていた。若い魔法使いの回路《パス》は使えば使うだけ大きく広くなるが、タカハにとっては膨大なマナだったんだよ」

あのときの『水の八番』の対価は十だった。思い出す。十七秒あたりの僕の回路《パス》は九十四マナ。

それを上回る大量のマナを通したのだとしたら――

僕はばあちゃんの歯切れの悪さの意味を推測した。

結論は一つしかなさそうだった。

「――僕はもう召されて、魔法を使えない？」

「いいいい」

「本当ならね。マナは視えるだろう？」

「……え？」

集中する。ぼわんという光のような粒を知覚できる。家の中には七つ漂っている。

つまり、マナは視える。回路《パス》は残されている。

「マナが分かるなら、精霊様への道は途切れていないよ」

待って。

それじゃあ、ばあちゃんは何を言いたいんだ？

「一度ほつれて、破れてしまった回路《パス》を編み直す。基本四属性はそんなことできないからね。上位二属性の組み合わせの大魔法だったよ。膨大なマナを精密に制御して、呪文の詠唱だって一日中は続くくらい長かった。タカハの回路《パス》は完全に途切れていたからねえ。そんな芸当ができるのはきっと、魔法の国で見たって数えるほどしかいない」

まさか。

「――ゲルフ、が？」

ばあちゃんはゆっくりと頷いた。僕の呼吸が浅くなる。

「ゲルフは僕を助けるために、マナを通し続けた？」

「……ああ」

「じゃ、じゃあ、ゲルフは――」

「召されちまったみたいだね」ばあちゃんはあっさりと言った。

いいいいいい
暁の大魔法使い、ピータ村の至宝――ゲルフは、もう、魔法を使えない。

「…………なんで」

それ以外の言葉が見つけられなかった。僕には、僕の回路《パス》を編み直すと決めた老魔法使いの表情すら、想像できなかった。本当にわけが分からない。ゲルフのその行動を理解するのはひどく難しいことだった。

――だが、僕の心はかつてないほどにざわついていた。

「これは私の勝手だ。口止めされたが、知っておいた方がタカハのためだと思ってね」

「僕は、どうすれば……？」

「どうもしなくていいさ」

呆然と顔を上げる。ソフィばあちゃんはニコニコと笑っていた。

「若い道を救ったんだ。五年もしないうちに本当に召されちまうんだから気にしなくていいよ」

「……僕、ゲルフのところへ行くよ」

「ああ」

弾かれるように立ち上がった僕は、マルムの家の扉に手をかける。

「タカハ」とばあちゃんが言った。

「なに？」

「少し、腹を割って話しておいで。……言いたいことは、もう持ってるだろう？」

僕はばあちゃんに頷き返し、雨が降りしきるピータ村に飛び出した。家までの道を全速力で僕は戻った。眠り続けていた身体は弱っているけれど、心臓が張り裂けるほどに僕は走る。雨が頭を冷ましてくれる。雨に呑まれそうな粗末な家が見えてくる。僕は蹴り破るようにしてそのドアを開けた。

「ゲルフ！」

返事はない。一階に人影がない。靴を脱ぎ捨て、僕は二階に駆け上がった。そこにもゲルフはいなかった。――いや、部屋の中央に羊皮紙が置いてある。

『しばし、家を空ける。　――ゲルフ』

「また……！」

僕は靴を履き、ふたたび雨のピータ村へ飛び出した。

広場へ続く道を僕は一気に駆け下りる。広場には人だかりができていた。人だかりの中心には銀色の鎧の騎士が二人、そして――ゲルフが居た。騎士はゲルフと言葉を交わし、シァハにまたがる。

ゲルフが空いているもう一頭に乗り、ピータ村に背を向ける。

「タカハじゃないか」「タカハ……！」と村人たちが声をかけてくるが、僕はそのすべてを無視して走った。ぐちゃぐちゃの広場と人だかりを突っ切り、叫ぶ。

「ゲルフ!!」

ぴくりと黒衣の魔法使いの肩が揺れた。シァハの足が止まる。ゲルフはゆっくりと振り返る。

「……そんな大声を出して、どうした？」

しゃがれた声は聞き慣れたトーンだった。そのせいで僕の動揺が浮き彫りになるみたいだった。

「どこへ行くのさ？」

「招集じゃ。騎士総長直々の指名でな」

「僕も行く！　僕は従者だ！」

ゲルフは黒く小さな瞳でしばらく僕を見た。肩をすくめ、先へ行く二人の騎士へ視線を送る。

「よろしいですかな？」

「従者だと……？　むろん構わんが……」と騎士は言った。

「乗りなさい」

ゲルフが手を差し出してくる。大きくてがっしりとした手を掴み、僕はゲルフの後ろに座った。

「まったく……ろくな服も用意せずに……」

ゲルフは苦笑して、鞍にくくりつけた黒い予備のローブを僕の身体にかけた。


「『暁』。道は分かるな？」と騎士が言った。

「もちろんです」とゲルフは答える。

「……逃げれば、分かっているな？」

「もちろんですとも」

「魔法を失ったなど、妙な戯言を団長の前で言うなよ。全軍の士気にも関わる」

騎士は冷たく言い捨てて、二又の道を僕たちと別れた。ゲルフはその背をしばらく見送り、手綱を引いて、騎士とは反対の道へ進んだ。

僕は、呆然としている。

「ゲルフ……？」

「まったく、これだから騎士は嫌われるのじゃ。少しは人の話を聞けばよいものを……」

ゲルフは、今回も魔法使いとして招集されているのだ。

「そんな！　無理だ！　行っちゃダメだ！」

「……なぜ？」

「だって！　ゲルフはもう魔法が……」

「…………ソフィが口を滑らせたか」

ゲルフは深くて長いため息を吐き出した。

「案ずるな。そうやすやすと死ぬつもりはない」

「でも――」

「そもそも、戦いではわし個人の力など小さなもの。それよりも、『暁の大魔法使い』という二つ名の方がよっぽど大きい。その名に従ってくれる魔法使いたちを束ね、その力を限界まで引き出すことができるからな」

「……」

「……もう少し進む。野営に適した場所があるのじゃ」

ゲルフは目を細めて空を見た。

「夜には雨も止みそうじゃな」


「……リリムのことは、気にするな」

「でも……ッ！」

「奇襲されたことがすべての原因じゃ。それを許した騎士団の作戦と、そして、ミシアの使徒の手にまんまと引っかかってしまったわしに非がある」

「僕だけだったんだ。僕だけが、リリムさんを助けられた」

「それはお前がまだ魔法を唱えて一年も経っておらぬ新米だからじゃ。……飲みなさい」

ゲルフがたき火で沸かした湯でお茶を淹れてくれた。イーリの香りがふわりと広がる。たき火、イーリの紅茶、粗末なテント、そして、黒衣の老魔法使い——何度も繰り返した、修行の日々と同じ光景だった。なのに、今日はなぜか全く違う雰囲気に感じられた。『言いたいこと』は持っているはずなのに、それを見つけられなかった。

ゲルフは木製のカップには口をつけず、言葉を続ける。

「お前は、お前の大切なもののために魔法を使える。先の戦いでそれを確信した。……わしは、お前のことを見誤っておったよ。単なる『水の八番』でありながら、お前の魔法は転移座で帰還するまであの状態のリリムの命を長らえさせた。素晴らしい魔法じゃった」

……初めてだった。魔法のことでゲルフが僕を褒めるのは。

僕は戸惑う。どうして今になって僕を褒めるのだろう、と思う。

老魔法使いが僕の肩を強く掴んだ。

「以前、こういう話をした。覚えているか？　練習のつもりで呟いていた精霊言語が呪文の形となり、母を焼き払ってしまった魔法使いの話じゃ」

「覚えてるよ」

掟を守らなければいけない理由。子どもに魔法を手渡せない根拠。

「それは——わしのことじゃ」

「——あ」

「幼い頃より、わしは精霊言語の暗記が得意じゃった。発音もすぐにできるようになった。母は優しい人でな、せがんだことには全て応えてくれた。掟を破って、わしに魔法を教えてくれたのは母じゃった」

老魔法使いは見たこともないような弱々しい表情を作った。

「有頂天になったわしは、母の静止を振り切って、魔法を唱えた。それはそれは美しい火属性の魔法じゃったよ。じゃが、わしの制御を離れたその炎は——母の両目から光を奪った」

ゲルフは魂のような吐息を一つ吐き出した。

「母は決して責めなかったし、魔法の道へ進むように命じた。見えなくなったとしても、母の目は正しかった。わしには才があった。戦場に行けばだれからも頼られた。いくつもの逆境を跳ね返し、数多の神秘使いを仕留めてきた。……結局、わしには魔法しかなかったのじゃ。お前には魔法を授けることしかできぬし、ラフィアを救うためには戦うしかなかった」

ゲルフの黒い小さな瞳は穏やかに燃えるたき火を反射している。

瞬間、僕の中ですべてがつながる感覚がした。

ゲルフは今、魔法が全てだったと言った。

確かめようとしなかったけれど……僕はもしかたらずっと勘違いをしていたのかもしれない。

「……なんでゲルフは」唾を飲み込む。「僕の回路《パス》を直してくれたの?」

「それを言わせるのか？」

かすかに微笑んだゲルフは、笑顔を見られたことが恥ずかしかったのか、僕の頭を強く撫でた。力ばかり強い、不器用な手つきだった。

「数限りない魔法使いを教えてきたが、間違いなくお前が一番の弟子じゃ。才の多寡《たか》ではないぞ。ここまでついてきたのがお前だけじゃった、という話をしておる。だれよりも優れた魔法使いにお前はなれる。……まず覚悟をせよ。それ以外のすべては任せる。期待しておるぞ、タカハ」

「それって……──」

荒れ狂う獣のような眠気が僕を襲ったのは、そのときだった。

「タカハ」

老魔法使いの輪郭《りんかく》が歪んで見えるほどの強烈な眠気だった。

「な、に……？」

「帰ったら、右の食料箱の一番底を探りなさい。各地の有力な魔法使いたちへの推薦状をしたためておいた。ジーク様にも話は通してある。『交換』制度を使うことで、お前は彼らに魔法を習うことができる」

ゲルフは……何を、言ってる……？

「もしものときは、その者たちに学べ。わしの授けた魔法を超えることができるじゃろう」

ダメだ……。

まぶたがシャッターみたいに落ちてくる。

寝ちゃいけない。今、聞きたいことがある。ゲルフに聞かなくちゃいけないことがあるのに。

「そしてなにより、ラフィアのことを――」

僕はそれを制御できない。


小鳥のさえずりで僕は目を覚ました。木組みに布をかけただけの質素なテントの天井が見える。

乾いた大地が水を吸い込むように、僕の脳は急速に覚醒していった。

「……あ！」

「ゲルフ！」

僕はテントから転がり出る。たき火の跡が朝日に照らされている。シァハは枯れた木の根元につながれたままだ。ゲルフの姿はどこにもない。妙だ。眠る直前の記憶がない。昨夜はゲルフと会話をして、そして、猛烈な眠気に襲われた。僕はそこまで疲れていたわけではない。ゲルフとの話にのめり込んでいたはずなのに――

ふいに僕はある可能性に思い至った。

たき火の中央、昨日、湯を沸かしていた鉄製の容器のふたを開ける。

「なんで……」

そこには白い花びらが浮かんでいた。イーリの花。花びらだけ睡眠作用を有する、美しい花。

ゲルフは最初からそれを飲ませるつもりだったのだ。――僕を連れていかないために。

「……」

ゲルフは『魔法しかなかった』と言った。

その魔法を犠牲にして、ゲルフは僕の回路《パス》を救った。

つまり、ゲルフは僕の回路《パス》に自分自身よりも価値を見出していた。

「……なんだよ、それ……ッ！」

ここまできて気付けないほど、愚かじゃない。

――ゲルフはこの九年間、僕を強い魔法使いにするつもりで育ててきたんだ。

今の僕にはよく分かる。大量のお手伝いはすべて僕の身体能力をつけるため。一秒でも長く生き延びるための体力を僕は持っている。敵の攻撃を見極める度胸や敏捷性も、狩猟団員として過ごす日々の中に濃縮されていた。ゲルフが自分の魔法書以外の知識に触れさせなかったのは、あの本の知識こそが魔法の本質だったからだ。すべては、絶対に必要な基礎だった。生まれた瞬間から魔法を唱えていたらおろそかにしていたであろう不可欠な要素。大魔法使いはそれを全て僕に叩き込んでくれた。

だから、一番の弟子のために、自分の魔法を犠牲にした。

そんなゲルフが僕を置いて行った。理由は一つしかない。

ゲルフは死ぬつもりなのだ。少なくとも騎士に呼び出される行き先が厳しい戦場だと知っている。

だから、僕のために、僕を眠らせた。

「…………どいつもこいつもさ……バカばっかりだよ」

手のひらを強く握りしめる。

「みんな勝手だ。ラフィアも、ゲルフも、僕とおんなじだよ。やりたい放題やってるだけじゃないか。家族……？　魔法の師……？　笑わせんなよ。そもそも僕とラフィアは拾い子なんだ。血もつながってないし、義務だってないんだ。餌を与えたら成長する労働力でしかないだろ。……だから」

唾を飲み込む。

「だから、ゲルフは僕を連れて行くべきだったんだ。それが合理的だ。僕を連れて行った方が、自分が生き延びる確率が上がるのに。そんなの、分かり切ってることじゃないか」

視界がぐにゃりと歪んだ。

「……僕が一番の弟子なら……なんで、連れて行ってくれないんだよ………」

嵐のように強烈な感情に僕は揺さぶられた。前世のことも、魔法のことも、リリムさんが死んだことも、初めて人を殺めたことも、僕は全て忘れて、その嵐に耐えなければならなかった。全部がまっさらになって、流れていく。

後に残ったのは——たった一つの衝動だった。

その衝動はまっさらになった僕の心を埋め尽くす。

——そっちがそのつもりなら、こっちも勝手にやらせてもらうだけだ。

「僕は」

頬の筋肉が勝手に持ち上がっていた。

僕は目元を一度強く拭うと、大きく一歩を踏み出した。

「……僕が、ゲルフを助けるんだ」

シァハに飛び乗って、そこで僕は途方に暮れた。僕はゲルフの行き先を知らない。昨日の僕はそれを聞くこともしなかった。恐らくムーンホーク領都へ向かったはず。けれど、僕はその道に自信を持てない。

自分の太ももを強く叩く。シァハがいないいて、その衝撃に文句をつけてくる。

ピータ村に戻るしかない。


「――行ってどうするつもりだい？」

僕は絶句した。ソフィばあちゃんはこれっぽっちも笑っていなかったのだ。

「タカハを連れて行かなかった。それが、ゲルフの言いたいことじゃないのかい？」

「ばあちゃん、僕は――」

「足手まといってことだろうさ」

ぞぶり、と言葉が突き刺さる。

「騎士団長のご指名なら、厳しい戦いなんだろう。戦いの経験のないタカハを連れて戦えないと思ったんだろうね。だから、ゲルフには魔法がないんだ。イーリの花で眠らせた。間違ってるかい？」

「……だって、ゲルフには魔法がないんだ」

「ゲルフはその二つ名で大人数を動かせる。騎士団長も、魔法使いとしての実力より、魔法使いたちの指導者として呼んだんだよ」

「……だったら」

ぴくり、とばあちゃんの耳が揺れた。

「どうして、ゲルフは魔法使いとして連れて行かれたの？　騎士たちはゲルフが魔法を使えると思ってた。『使えない』って正直に打ち明けたのに、『ゲルフが行きたくないから嘘を言っているんだ』って決めつけていた」

「それは……」

「僕は」思わず、強い声が出た。「僕はピータ村の魔法使いで、暁の大魔法使いの一番弟子で、……そんなことより、ゲルフは僕の家族なんだ」

ばあちゃんの金色の瞳が真っすぐな剣のように僕に向けられている。

「あのゲルフが僕を置いて行った。僕にはその意味が分かる。ここで行かなかったら僕は何年も後にきっと後悔する。……だからお願いだよ、ばあちゃん。僕に、領都までの地図を、ください」

僕は深く頭を下げる。ばあちゃんは長いため息を吐き出した。「……やってられないね」

顔を上げる。

「ものの頼み方があの人とおんなじじゃないか」

ばあちゃんはそれだけ言うと、あっさりと家の中に引っ込んだ。

……オッケーってこと？

たぶん。そうだろう。

僕は大きく息を吐きだす。

「タカハ!!」

僕を呼ぶ声と同時に、走る足音が聞こえた。ラフィアだった。家の方から一気に駆け下りてきたのか、荒い息をついている。

「おとーさんは⁉」

僕はことの顛末《てんまつ》を話した。ラフィアの顔がみるみるうちに青ざめていく。

「そんな……一人で招集なんて……だからあんな置き手紙が……」

「僕が行く。行って、ゲルフを助けるんだ」

「タカハ……行くの？」

僕は今にも泣き出しそうなラフィアを見ていられなかった。顔を逸らしたまま、「ゲルフを、連れて帰るから」と答える。温かい感触が僕の体を包んだ。「……だめ」と言って、ラフィアが僕の身体を抱きしめている。発熱する小さな体が、震えている。声の方がもっと震えていた。

「お願い。行かないで……っ。待っていれば、きっと、おとーさんは帰ってくるから……っ」

「ラフィア」

兎人族《ラビテ》の少女がびくりと肩を震わせた。僕は小さなその肩を掴んで、体を離す。真っ赤に泣きはらした青い瞳を僕は見つめる。

「ゲルフはものすごく厳しい戦場に連れていかれたんだと思う。遺言みたいなことを言っていた。ゲルフは強い魔法使いだった。でも今のゲルフに魔法はない。僕を助けるためにあれほど大切にしていた魔法を捨てたんだ。ゲルフは、僕を助けてくれた。——僕には」

どうして、もっと早く気付かなかったのだろう。

「僕には——ゲルフに訊かなくちゃいけないことがある。僕を拾ったときどう思ったのか、僕が初めて名前を呼んだときどう思ったのか、僕と喧嘩《けんか》をしたときどう思ったのか。僕は知りたい。だって僕はゲルフのことを何も知らないんだ。知らなくていいって、思ってたんだ」

「でも……だって……」

「ゲルフが危険な状況に居るなら、それを助けられるのは僕しかいない。行ってきても、いいかな？」

ラフィアはティーガの裾で目元をぐしぐしと拭った。

「…………ぜったい、二人で帰ってきて」

青い瞳が強い光で僕を見ている。

「約束して。約束しないと、行かせないから」

そんなの……当たり前だった。僕には数字の力がある。自分で言うのもあれだけれど、最強の魔法使いになれる自負がある。おっさん一人連れ帰ることなんて簡単だ。そうだろ？

「約束するよ、ラフィア」

「……ッ」

「ゲルフを連れて、二人で帰ってくる」

ラフィアはゆっくりと頷いた。

僕は振り返る。ソフィばあちゃんが三つの物を持って、僕を見ていた。

「……これが領都までの地図だよ。街道の分かれ道を間違えなければ、難しくはない」

地図が描かれた羊皮紙を受け取り、ティーガの腰紐にくくりつける。

「こっちはわたしの名前で書いた要請書だ。ゲルフの増援に向かいたい若者がいる、と記してある。騎士様に見せれば、転移座を使わせてくれるだろう」

封のされた羊皮紙を僕はティーガの胸元にしまい込んだ。

「最後に……これを持っていきな」

ソフィばあちゃんの手には、杖があった。ゲルフをはじめとする多くの魔法使いが好む長杖ではない。長杖は人の身長くらいの長さだけれど、これは約三十センチの短杖だった。新雪を固めた純白の色の杖には、木目のような模様が浮かんでいる。決して軽くはない。

「これは……」

「名前はない。『白の短杖』ってところかね」

そこで、僕はぴんときた。ゲルフ愛用の杖は、黒い長杖だ。

「……そうさ。もらい物なんだよ。対になっているのさ」ばあちゃんは少し早口になる。「ゲルフの『黒の長杖』と互いに引き合う性質があるから、すぐにたどり着けるだろう。……できれば、失くさないでくれるかい？」

「分かった」

ばあちゃんに頷いて、僕はシァハに飛び乗った。

「しくじるんじゃないよ！」と言ったばあちゃんがシァハの尻を打った。

「……気をつけて！　タカハ！」とラフィアが言う。

景色が一気に後ろに流れ始める。

ピータ村の門をくぐり、僕は街道を疾走した。


ほんの数日前に来たばかりのムーンホーク領都にたどり着いたときには、ほとんど夕方だった。丘を越えると領都の全貌が見渡せる。水堀と石造りの外壁を備えたムーンホーク領都は夕日に照らされて美しく輝いている。

だが――城の前の平原は多くの人で埋めつくされていた。

「……っ」

城門の近くにはミステリーサークルのように見える転移座が五つ描かれている。巨大な白、大きい青、中くらいの緑に、小さめの黄色、ごく小さい赤――まさに今、緑の転移座が輝き、魔法奴隷たちが帰ってきた。

目を逸らすことはできなかった。

数十人の魔法使いたちのほとんどがひどい傷を負っていた。金属の巨大な矢が身体に突き刺さったままの人もいる。あの矢は……この前見た。『鉄器の国』の重弓部隊の使う矢だ。ダラダラと血を流し続けている人や、僕が見ている間にその場に倒れてしまう人もいる。転移座の近くで待ち構えていた回復要員の魔法使いたちが群がり、重症度の順番に天幕に運び込んでいく。

僕は治療用の天幕がある一帯を大きく迂回し、緑色のコートを着た騎士たちが集まっている別の天幕の方へシァハを進めた。時間がない。僕はシァハから下りると、騎士たちの天幕に侵入した。

「なんだ貴様！」

「子ども……ッ？」

天幕の中には木組みのテーブルが置かれ、燭台の明かりが灯されている。テーブルの上には大きな羊皮紙の地図と、木を着色して作った駒がいくつも置かれていた。数人の騎士が駒を動かしながら渋い顔をしているところに、魔法奴隷の僕が乱入したことになる。

「負傷者用の天幕は西だ！　ここは貴様の入っていいところではない！」

近づいてくる騎士に僕は頭を下げて、叫んだ。

「僕は『暁の大魔法使い』の弟子です！　騎士様にお願いがあり、無礼をはたらいています！」

騎士が動きを止める。僕は安堵した。『暁』の名前を騎士たちは知っているのだ。胸元からソフィばあちゃんにもらった要請書を取り出すと、テーブルの隅の方に置く。

「僕の師匠は魔法を失っています！　助けが必要です！　どうか僕を、転移座で師匠の元へ向かわせてください！　他の魔法奴隷たちを多く救い、必ず生還してご覧にいれます！」

沈黙が僕の両肩を押しつぶす。僕の荒い息だけが天幕の中に反響していた。

「くっ」と騎士は言った。

僕は顔を上げて――絶望した。

「はははははッ！」と騎士たちは笑う。

「ふははははッ！　『暁』が魔法を失う？　なんの冗談だ！」

「いや、こいつは傑作だぞ！　どこからがつくり話なのだ？　小僧」

「全て真実です！」

同情するように肩をすくめた一人の騎士が言った。

「『暁』の回路《パス》の太さを知らぬのか？　多少、噛みつかれるくらいならば、なんの問題もない。それこそ、数日間魔法を連続で唱えて召されでもしないかぎりはな」

「……召されてしまったのです」

「そんな大魔法を使う用事が、いつあるというのだ？」

「……それは……」

僕を救うためでした、なんて、言えなかった。

騎士たちはふたたびゲラゲラと笑い始める。

「その話を信じてもらえなくても構いません。どうか、転移座を使わせてください。師匠のところにどうしても行かなければならないんだ！」

「冗談としては面白いがな。……わきまえろ」

「違いますッ！　騎士様、どうか――」

「なんの騒ぎだ？」

声が聞こえた。その瞬間、騎士たちは嘘のように真顔に戻り、テーブルの周囲に直立した。声の主は、僕のすぐ後ろにいる。

「なぜ、こんなところに魔法奴隷がいる？」

僕は振り返った。

妖精種《エルフ》だ。額が少し後退しており、白すぎる肌の色と相まって、どこか不気味な印象を与える。だが、金色の瞳には理性的な光が宿り、コートの下にはしなやかな筋肉が隠されている。腰につるした剣はレイピア。緑色のコートにつける徽章の数が、今までに見たどの騎士よりも多い。

金色の瞳が探るように僕を見下ろしている。

「騎士団長。この者が『暁』の弟子を名乗り、妄言を述べたのです」

騎士団長……だって？　この人が……？

「ほう……」と騎士団長は言った。金色の瞳が素早く動き、テーブルに置かれたソフィばあちゃんの書類を見つける。騎士団長はあっさりと封を破ると、それを読んだ。

「……この奴隷は、なんと言ったのだ？」

「はっ。……『暁』は魔法を失っている。自分は『暁』の弟子である。よって、助けにいく必要があり、自分を転移座に乗せてほしい。そうしたならば、危機に陥った多くの魔法奴隷を救い、帰還してみせる。——と申しました」

騎士たちの間に失笑が広がる。僕は肩を落とした。当然かもしれない。ときどき忘れそうになるけれど、僕は九歳になりたての魔法奴隷なのだから。

騎士団長は沈黙したまま手紙をテーブルに放り出すと、僕を再び見た。

——その視線が、ある場所で釘付けになる。

「タカハ、というのか。少年」

「は、はい。ピータ村から参りました」僕は動揺しつつもなんとか答える。

だが、動揺は騎士たちの方が大きかったようだ。「団長……？」「なにを……」

「その杖を、見せてくれ」

「あ……」

騎士団長はずっと、僕が腰に吊るした『白の短杖』を見ていたのだ。僕は冷たい手触りのそれを引き抜くと、騎士団長に手渡す。騎士団長は金色の瞳で見つめながら、白い杖をくるくる回すと、言った。「本物だな。これは」

「……だ、団長？」

「これは『瞬光の繰り手』ソフィが持つ世界で唯一の杖だ。『白の短杖』。風と水の魔法を高める効果があるとされている」

「なっ……」

騎士たちは絶句する。僕に杖を返した騎士団長はソフィばあちゃんの手紙を手にとった。

「そして、この手紙は『瞬光』のソフィの名で書かれている」

騎士団長はテーブルに羊皮紙を投げた。

「――転移座にマナを込めろ。私がこの少年から話を聞く」

「「はっ！」」

騎士たちが蜘蛛《くも》の子を散らすように天幕から出ていった。僕は騎士団長を見上げた。疲れた表情をした騎士団長は僕に椅子を勧めた。

「座りなさい」

「騎士団長様、僕は――」

「転移座の用意にはどのみち時間がかかる。私の知らないところで、事態が大きく動いているようだ。……そして、私にはそれを知る必要がある」

すでに騎士団長は椅子についていて、断ることはできそうになかった。

僕はおおよそ全てを伝えた。前回の招集に僕も従者として参加したこと、僕が魔法をオーバーロードさせて回路《パス》を失いそうになったけれど、ゲルフが救ってくれたこと――その結果としてゲルフが召されてしまったこと。

「つまり、『暁』は回路《パス》を失った状態で、この戦闘に加わっているということか？」

「はい」

「それをなぜ、隠した？」

「騎士団長様。ゲルフはそのことを再三、騎士様に申し上げていました。騎士様がその話を聞き入れて下さらなかったのです」

騎士団長は、腕を組んだ。

「お前に何ができる？」

僕は騎士団長の黄金の瞳を、見つめ返す。

「ゲルフの回路《パス》の代わりができます」

「たしかにな」

「そして、この杖があれば、ゲルフのもとにたどり着くことも簡単です」

「なぜ？」

「そういう性質を持っている、と聞きました。ソフィばあちゃんに」

「そんな可愛らしい付加効果もあったのか」

騎士団長は腹の深いところで少しだけ笑って、すぐに真顔に戻した。

「騎士団からの増援は送れない。『暁』の持つ価値と他の戦域の緊急度を比べたとき、南の国境深林にこれ以上の人員は割けない。お前一人で行ってもらうことになる」

「もとより、覚悟の上です」

「残念、という他ないが……この戦は完敗だ」

心臓が凍えるような感覚がした。

「我らの実力不足もあるが、ミッドクロウの黒色騎士団が愚策を犯した。いや、愚痴を言っても仕方ないな」

「僕の行く戦場は」

「地獄だ。おそらくな」

「切り捨てたのですか？　そこの魔法奴隷たちを」

騎士団長は乾いた笑いを吐き出した。

「切り捨てたが。それがどうした？　……臆《おく》したか？」

「――いいえ」

僕の瞳は、炎に燃えているだろう。

「約束は違えません。『暁』と再開し、そこにいる魔法使いたちを、救います」

「いいだろう。転移座の使用を許可する」

来い、と騎士団長は言った。

僕はその背中を追いかけて天幕を出る。負傷した魔法奴隷たちの間を僕は進む。たどり着いた黄色の転移座にはマナが満たされた淡い光が踊っていた。騎士団長が思わず立ち止まった僕の右肩に触れる。その部分を無数の毛虫が這い回ったかのような不快な感覚がした。だって――騎士団長の手のひらの下には奴隷印がある。絶対的な隔たりがそこにはある。

「……死ぬなよ」

奴隷の僕は、騎士団長の言葉を無視した。言われなくても、というやつだ。

「ふっ」と騎士団長が笑いともため息ともつかない空気を吐き出す。

すぐに、妖精種《エルフ》の指揮官は表情を引き締めて、命令を下した。

「転移座を開け！」

僕の体をまばゆい燐光が包む。

ぐるん、と世界が反転した。

僕の表が裏になって、外が中になる。

もう一度、反転した。

第九章：「こいつは傑作だな」とミシアの使徒が嗤《わら》う。

目を開ける。転移座の淡い光が収束し、僕は薄暗闇の森の中にいた。

周囲に人影はない――が、耳から得られる情報は違う。人々の怒号、なにかが燃える音、魔法が発動する音、矢が空を切り裂く音。そんな戦場の音がくぐもって遠くから聞こえる。

右手に持つ『白の短杖』はたしかに反応していた。杖はぼんやりと光を放ち、杖先がある方向に向けられたときにだけわずかにその光を増した。この方向をたどっていけばゲルフの持つ『黒の長杖』のもとにたどり着けるのだろう。僕は急いで国境深林の中を進んだ。

だが――

「なんだよ……、これ……？」

僕は目の前の光景に足を止め、立ち尽くす。

唐突に、まるで世界が終わったみたいに、国境深林が途切れていた。定規で仕切った一方にだけ深林が残っていて、もう一方は冗談のようにすべての植物が切り倒されていた。燃えるような夕日がその不気味な光景を照らしている。並んでいる切り株の断面はまだみずみずしい。切り取られたことを信じていないかのように。

魔法……？　それとも、『鉄器の国』の仕業なのか……？

僕は首を振って、周囲を見渡す。

戦場の音がすぐ近くに聞こえた。

遮る木々のない視界で見つけるのは簡単だった。ほんの数日前にも見た『鉄器の国』の兵士たちはものすごい人数で、そして、逃げ惑う魔法奴隷たちの数は少ない。数十人だ。矢を跳ね返す風属性の防御魔法が足りていないのか、防御をくぐり抜けた矢が魔法奴隷を貫き、さらに人が減っていく。ジリ貧だ。

魔法奴隷たちは一つの方向に逃げている。

「……そういうことか」

状況を理解して、僕は走った。魔法奴隷たちが逃げる先には僕が使ったのとは別の青色の転移座がある。そして『白の短杖』の示す先もそこだった。青の転移座にはすでにたどり着いた魔法奴隷たちが集結していて、逃げ込む仲間を援護する魔法が次々と放たれる。当然、敵もそこを狙っていて、雨あられと矢が降り注ぐ。

「負け戦、ね」

僕は呟く。文字通りそうだ。これは撤退戦だ。

そして――僕は見つけた。

マナの光を失っている青の転移座。その中央に。ボロボロになった黒いローブ、穴あきチーズのようになった黒のとんがり帽子――魔法使いたちの中央に毅然《きぜん》と立ち、黒い杖を掲げて指示を飛ばす暁の大魔法使いを、僕は見つけた。

「ッ！」

走る。

――そのとき、ひゅた、と僕の足元の地面に矢が突き刺さった。どこか麻痺しているみたいだ。

一歩進んでいただけでそこにあった死を、僕は素通りする。『白の短杖』を空へ向けた。

「〝風―二の法―今―眼前に　ゆえに対価は七〟」

適当に作り出した突風《ヘビィウインド》を僕は空へ放った。風の魔法への明確なイメージは杖のおかげだろう。

いつもより強力な風の障壁が流れ矢を弾き飛ばしてくれる。

そうしながらも、僕は血眼で周囲を探っていた。

切り倒された森。残っている森。

青の転移座。赤い夕日。

黒鉄の兵士たちと、彼らに追われる魔法奴隷たち。

僕は残っている森を観察した。この前は森の中から奇襲をされた。僕の目は薄暗い森の木々の動きを隅々まで観察して結論付ける。――こっちじゃない。

顔を上げた僕がそれを見つけたのは、偶然だった。

燃えるような夕日の底から――敵の別働隊が接近していた。

巨大な果実の底に、黒い小さな虫がこびりついているように見える。数十人程度の敵は全員が騎乗していた。その手にはシァハの体に一点を固定して使う巨大な弓が握られている。『鉄器の国』の『重弓部隊』――魔法と互角の威力を誇る鉄の矢を扱える彼らは大陸最強の兵士という評判だった。

魔法使いが仲間を守るために魔法を放つ方向を正面とすれば、斜め後ろくらいからの角度の奇襲だ。魔法使いたちは気付かない。ゲルフも気付く様子はない。

その理由を、僕は理解していた。けれど、認められなかった。

別働隊からは音がしなかった。

蹄の音も、兵士たちの雄叫びも、鎧の金具の音も、ぴくりとも伝わってこない。音が伝わっていれば、転移座に集まる魔法使いたちも気付くはず。これじゃあまるで昔の映画みたいだ。音声だけ切り離された現実。僕は戦慄する。そんなことってありなのか？

僕は風の障壁を生み出しながら、目を凝らした。白いベールのようなものが別働隊を包んでいる。魔法ではない。マナを消費してできるものじゃない。あれが音を遮断して——いや、考えるのはあとまわしだ。別働隊はシァハの足を止め、巨大な弓を引き絞り始めた。整然とした動きで数十名が横並びになり、その矢の先端がずらりと揃う。

僕はようやく、転移座の集団に合流した。

追いついたのだ。黒い背中に。

「——ゲルフ!!」

黒衣の老魔法使いが驚いたようにこちらを見る。その視線に応えるのも、あと——！

「〝土—十一の法—巨大にして堅牢なる一つ—今—眼前に〟」

単位《ユニット》魔法は地面から土の壁を起こす『土の十一番《ランドウォール》』、三マナ。

『巨大なる』、『堅牢なる』がそれぞれ四マナ。

発動時間指定『今』が二マナ。

発動位置指定『眼前に』が二マナ。

「〝ゆえに対価は十五〟！」

マナが僕の心臓のすぐ横をくぐり、精霊様の元に送り届けられる。この世界の隣にいる七体のうちの一体、土の精霊様のもとに送り届けられたマナは、こちら側に干渉する現実の力に変換され、直ちに発現した。ばぐり、と転移座の近くの地面が盛り上がる。それは防御壁だ。数十人の魔法奴隷たちをかばうほどに巨大で、鉄矢を通さないくらいに堅牢な、土の壁《ランドウォール》。

一瞬遅れて、その壁に、竜だって殺せるような巨大な矢が雨あられと降り注いだ。

ずどどど……と理性を削り取る音が響く。

「間に、合った……」

僕は溜めていた息を吐き出した。今度は大丈夫だ。転移座の横幅以上の土の壁が、魔法使いたち全員を守った。ばあちゃんの後押しや騎士団長の決断が少しでも遅れていたら間に合わなかったかもしれない。

「……ん？」僕は顔を上げる。

魔法使いのほとんどが僕を見ていた。もちろん、魔法を連射しながら、だけど。

「ば……」としゃがれた声が言った。

「……ば？」

「馬鹿者ッ!!」

ゲルフが肩をわなわなと震わせて、顔を真っ赤にして、僕に近づいてきた。

「なぜ来た⁉　どうして来た⁉　どこに来た⁉　だれが来た⁉」

「お、落ち着いて……」

「落ち着いてなどいられるか！　タカハ、お前――」

「ゲルフ様ッ！　指示を！」

「ええい！」とゲルフは振り返る。「次は土の壁の上から撃ち込まれる！　五秒だけ別働隊に魔法を！　その五秒で、一人たりとも逃すな！」

おうッ‼　と魔法使いたちが答える。土の壁の向こうにいる別働隊に向けて、ものすごい密度のさまざまな魔法が疾走していく。

「父さん」と僕は言った。

その瞬間、なぜかゲルフがたじろぐ。

「ラフィアに頼まれたんだ。どんな状況だって連れて帰るからな」

「……生意気を言うな、タカハ」

「強がるなよ」

「ふん」とゲルフは顔を逸らした。僕は無言でその横顔を見つめ続ける。

しばらくして、ゲルフは言った。「そこまで言うなら、こき使うぞ」

その後、ゲルフは少しだけ笑った。少年のような、上手じゃない笑い方だった。

「土属性の使い手が少なく、防御の手が足りておらぬ。お前はさきほどの土の壁を続けよ」

正面から接近する敵の部隊。距離は百メートルほど。数百人の規模。矢を放ちながらも、こちらを押しつぶそうと接近してきている。僕は詠唱をする。

「〝土―十一の法―巨大にして堅牢なる一つ―今―彼方に　ゆえに対価は十六〟」

ばぐり、と大きな壁が突撃の先頭にいきなり起き上がり、明らかに動揺が走る。

「〝土―十一の法――――〟」

二秒に一回、僕は魔法を唱えることができる。生み出されるのは、幅が十メートル、高さは三メートルほどもある巨大な壁。敵の進軍速度、敵の規模、僕が起こせる土の壁の大きさ、すべてを平面上に予測し、やつらの到達を阻む。ばぐり、ばぐり、と壁が起き上がるたびに、敵部隊は迂回を選択しなければならない。

すべての属性を使えるというだけで、魔法使いにできることは圧倒的に広がっていく。

「全員、直ちに転移座にマナを込めるのじゃ！」ゲルフが一喝した。

雷に打たれたように魔法使いたちは動き出す。多くの魔法使いたちが回路《バス》を開き、掴まえたマナを転移座に送り込む。青い転移座が徐々に光り始め、輝きを増していく。

「助かったぞ、タカハ。……もう少しじゃ。もう少しで、開く」

「うん。これで、僕たちは」

「――――逃げられるとでも、思ったか？」

僕の言葉を継いだのは、別の声だった。

「……まさか！　やつか⁉」とゲルフが敵の進軍方向を睨みつけた。

きぃん、という甲高い音とともに、僕が生み出した土の壁の一部から純白の光があふれる。純白の光を浴びた土の壁の一箇所が爆発した。

もうもうと立ち込める土埃の中から飛び出してきたのは、男だった。

金髪、青い瞳――背は高く、その身体に神官のような白い法衣を纏っている。ギリシャ時代の彫刻のように完璧な体つきと顔立ち。だが、その目にはなんの感情も宿っていない。

「やはり、――ミシアの使徒」

ゲルフを何度も退けた、『鉄器の国』で最強の神秘使い。

こいつは鈴木なのか――？

「数日ぶりだな、『暁』」

ゲルフが片手で僕に詠唱をするなという合図を出していた。僕たちは転送魔法で帰還するのが目的。喋ってくれるのならそれに越したことはない。

「先日の作戦は気に入ってくれたかな？」

百メートルの距離を隔ててなお、男の声はよく通った。拡声器のようにひび割れてもいない。まるで隣の人間と会話しているみたいに、声が届く。魔法ではない。じゃあこれも神秘なのか――？

「ふん。我が軍の単なる落ち度。貴様が武勇を誇れるような作戦ではない」

「でも、俺の目論見通り、こうしてお前はこの戦域に送り込まれた。責任をとらされているということくらい分かっているのだろう？」

「……ッ」

ゲルフが厳しい瞳でミシアの使徒を睨みつける。

言葉の意味を僕はゆっくりと理解する。一つ前の戦い――リリムさんが命を落としたあの戦の責任をとるために、ゲルフはこの厳しい戦場に送り込まれた、ってこと――？

なんだよ、それ。

「英雄である『暁の大魔法使い』が率いる部隊があっさり敗れたんだ。騎士団としては好ましい状況ではない。……まったく、お前の国の騎士たちの浅慮と無能ぶりには笑いを堪えることすら難しい。まあ、おかげで、これほどに有利な状況を作り上げることができたわけだが」

「……」

「というわけで、そろそろ死んでくれ。俺は枢機卿《すうききょう》の座を狙ってるんだ。第四次戦争の英雄である『暁の大魔法使い』を倒せば、枢機卿の席が――ぐんと近づく」

彫像のような顔をした使徒は唇を不気味な笑みに歪めた。

「ふっ」

ゲルフは――笑った。

それも、とびっきりの皮肉を張り付けた笑みだった。

「長々と喋るから聞いてやれば、鳥肌が立つほどに小便臭いセリフじゃったな」

「――なんだと？」

びきり、と使徒の端正な顔にヒビが入る音を、僕は聞いた気がした。

「しかも、状況への見立ても甘い。所詮《しょせん》、神から授かった奇跡の力に頼るだけの間抜けな男じゃったか。やれやれ、こんなやつを相手にむきになっておったなど……。貴重な老後を無駄にしたわ」

「おい、お前、分かっているのか？」

「貴様こそ分かっておるのか？　わしはお前の顔を見ても、魔法の詠唱をしておらぬではないか」

「……は？」

ゲルフはにたりと唇の端を釣り上げた。

「罠じゃよ。今頃、貴様らの本陣は騎士団の強襲を受けておるじゃろう。さっさと引き返し――」

「よく喋るが、時間切れだ。――『奇跡の剣』」

しゃらん、と甲高い音が響き、使徒が手に持つ美しい片手剣に純白の光が宿る。

「ちぃっ、嘘八百が通じる相手ではないか……みな下がれ！　半分の者はあいつに魔法を！」

その光は剣にまとわりついたかと思うと――巨大な剣を形成した。純白の光の剣だ。一瞬で、強烈に理解できる。これは神秘だ。これが神秘でなくてなんだというのだ。

光の剣を携えたミシアの使徒が一直線にこちらに走ってくる。

「――『信仰の盾』」

純白の光が使徒の身体の正面に膜のように展開される。

だが、こちらには数で圧倒的に勝る。五十人程度の魔法使いたちが一斉に使徒に魔法を放った。

火球、雷撃――僕の視界を埋め尽くすほどの魔法が一斉に使徒に迫り――炸裂した。

地震と雷と台風を一点に収束させたような破壊の連続。腹の底に響く轟音の連鎖。

――だが。

「……正面からでは『盾』を、破れぬ」

黒衣の老魔法使いは苦い口調で吐き捨てた。

同時に、風が土煙を吹き飛ばしていく。もやの向こうに純白の光を見つけ、僕は思わず唾を飲み込んでいた。使徒は健在。襲いかかった無数の魔法は神秘の膜を打ち破ることができなかったのだ。

「魔法なんて神秘の力の前には取るに足らない。お粗末すぎる」

唇を歪めて笑う使徒は再び疾走を始めた。使徒の光の剣が振るわれるたびに、逃げ遅れた魔法奴隷たちの身体が紙切れのように両断されていく。このままでは転移座へのマナ供給が間に合わない。

「くそっ……あいつ……」

僕は魔法を決める。『火の三番』で行く。修飾節《モディファイ》は――

「そうだった。『暁』、お前に尋ねることがある」

ミシアの使徒はじゃれ合う小学生のように明るい口調だった。

「なんじゃ？」

「転生人、お前の知り合いでいないか？」

僕の心臓がどくり、と大きく一拍を打った。間違いない。――こいつが、鈴木だ。

「転生人？　転生とはなんじゃ？」

「前の世界の記憶がある人間のことだ。ニホンって国だったら大当たりなんだが」

ぶんぶん、と白い刃が踊るたびに、魔法奴隷たちの命が刈り取られていく。魔法使いたちの放つ魔法は冗談みたいに白い膜にかき消される。

「気が狂ったか？　前の世界の記憶がある人間など、いれば目立って仕方がな――」

瞬間、ゲルフは息を止めた。

黒い小さな瞳が一瞬だけ僕に向けられる。

使徒は数十メートルの彼方からそんなゲルフを見た。

その瞳が――僕を捉えた。

口元がぐにゃりと歪んで、道化を連想させるおぞましい笑みの形になる。

「………………こいつは傑作だな」

ははっ、と使徒が笑う。「驚いた顔があの日と同じだぞ。高橋？」

「ゲルフ」

僕は杖を握りしめる。僕の視線はミシアの使徒が振るう光刃に吸い寄せられる。

「僕が止める」

「……できるのか？」

「絶対に止める」

ゲルフの決断は素早かった。

「……二個の一七秒でいい。我らは転移座へのマナ注入に全力を注ぐ。……よいか、やつは同時に二つの神秘を操る。今は『剣』と『盾』じゃ。『靴』は加速、『瞳』は矢。忘れるな」

聞き終わるや否や僕は飛び出す。

転移座の枠をはみ出し、真っすぐに使徒へ――鈴木へ、向かっていく。

「ゲルフ様！」「行かせるのか⁉」「無理だ！　一人なんて！」

「――全員、転移座にありったけのマナを込めよ！！　今すぐにじゃ！」

「ははは！　やはりお前なんだな！　高橋！」

使徒が頬を歪め、僕を笑う。こめかみが熱く拍動する。お前のその口を今すぐに塞いでやる。

「呑まれるなよ！」

とん、と肩を支えられたかのようだった。

「出自など知らぬ！　拾い子であることなど関係ない！　一つだけ言っておくぞ！　お前の魔法はわしが教えた！　お前の回路《バス》はわしのものじゃ！　勝手に失くすことは許さぬ！」

ゲルフの言葉を聞いた僕の視界はクリアだった。

心は平静を保ったままに理性だけが加速していく。

使徒がにたりと唇を歪めた。

「あれからずっと考えていたんだ。どうしてお前が急に大学院をやめたのか。気付いたのは……こっちに来てからだったよ」

僕は答えない。その沈黙でますます気分が乗ったのか、使徒の視線が僕に絡みつく。

「――お前には数学の才能が無かった。それに気付いて、絶望して、やめた。そうだな?」

無駄な言葉を吐き出し続けろ。時間を浪費しろ。僕を、僕だけを見ろ。

風の音が消え、時間が止まる。

不気味に笑うミシアの使徒は五十メートル先、正面。すべての物体を切断する『奇跡の剣』を持ち、移動する魔法防御領域『信仰の盾』で守られている。

僕の後ろには百人近い魔法奴隷たちが居る。

ルールはシンプル。――三十四秒、彼らを守り抜けば、僕の勝ちだ。

僕の脳裏にずらりと並んださまざまな形の剣がイメージされる。単位魔法《ユニット》。魔法使いの剣。どれも違う形をしている。速さ、威力、射程距離、対価、その全てが違う剣。

その剣が現実に変わる直前、ほんの少しそれを加工する言葉が、修飾節《モディファイア》。どこで、いつ、どのように剣を使うのか。その剣の性質を残したまま、大きくするのか、速くするのか。振る舞いを定める精霊の言葉。

魔法使いの言葉は剣。そして、僕はその性質を知り尽くしている。

教わったのだ。大魔法使いに。

「だが、今度の人生ではお前もまた神に才を授かった。普通の魔法使いではない。スタートラインの時点で違ったはずだ。教えてくれよ、高橋。神童ともてはやされるのはどんな気分だった?」

両手を広げ、歌うように、使徒が言った。

「お前があの研究室に入れたのは涙ぐましい努力と父親の口添えの結果だ。だから知らなかっただろう？　才能があれば、世界はこんなにも簡単なんだ。……なあ、返事をしてくれないか。気になってしょうがないんだよ。ずっと欲しがってた才能を手に入れるって、どういう気分なんだ？」

「――――」

ああ。

よかった。

僕はもう、こいつの言葉を聞いても、何も感じない。

「今度はせいぜい楽しませてくれよ」

ぐっと前のめりになった使徒が走り始めた。

回路《パス》を開く。マナを知覚し、『対訳』の力を精霊言語のモードへ。鈴木の言う通り、僕には圧倒的な魔法の『数字』がある。そして、ゲルフの言う通り、魔法はたしかに人を傷つける道具でしかない。僕は僕の願いに従って、魔法の実力を求めてきたし、これからも求め続けるだろう。

でも、魔法を振るうのは人間だ。剣の切っ先の向きを決めるのは僕だ。

――ゲルフを連れて、ピータ村に帰る。

そのために振るうこの力が間違っているはずはない。

「〝土―二の法―十個―待機―眼前に〟」

単位《ユニット》魔法は『土の二番《アースランス》』。地面から土の槍を突き上げる中量魔法、五マナ。

『待機』させ、発動位置は僕の真正面。

「〝ゆえに対価は十〟！」

見た目の上で変化は起きない。

「……失敗か？　怖気付いたか？　――『聖別の靴』！」

使徒は別の神秘を行使した。『剣』が純白の光を失う。

『靴』は――加速する。

僕はその場で立ち止まり、次の詠唱をすぐに開始した。

「〝土―七の法―今―眼前に〟」

ぐにゃりと視界が歪んだかと思った。それほどに使徒の動きは現実離れしていた。足が移動した距離の二倍を使徒の身体が移動する。足の位置と地面がかみ合っていない。まるで氷の上を滑っているかのように、それでいて全力疾走の動きで、使徒が急速に迫る。あと十五メートル。だが、大丈夫だ。まだ許容範囲内。

「――『奇跡の剣』！」

『靴』が消えるのと同時に生み出された純白の光の剣を使徒は振り上げた。あと、十メートル。

そこで、僕の詠唱が完了した。「〝――ゆえに対価は十〟！」

単位《ユニット》魔法は『土の七番《ストーンショット》』。地面から岩塊を射出する中量級の攻撃魔法だ。唐突に生み出された岩塊は、僕のイメージに従って、ただちに解き放たれた。

「無駄だ。諦めろ」

七メートルの距離に迫った使徒の正面には、魔法を防ぐ純白の『盾』が広がっている。

僕の岩石魔法はそれにぶつかった。まるで爆破されたかのように岩塊は粉々に砕け散り、僕の視界を埋め尽くす。

「じゃあな、高橋」

使徒は振り上げた光刃を振り下ろす。

死の光にしては美しすぎる純白の光が、僕の網膜に焼き付いた。

ゲルフの絶叫を僕は聞く。

純白の光が僕の視界を埋め尽くしている。

そうして、僕は全てを投げだした。

……なんてね。

「〝待機解除〟」

「づぅ⁉」

純白の刃が――僕にわずかに届かず、宙で静止している。

「お前⁉　一人なのに⁉」

使徒の身動きを封じたのはもちろん僕の魔法だ。伏せておいた土の槍《アースランス》が、使徒の右腕を容赦なく貫いていた。

神秘『信仰の盾』は移動させることができて、しかも、常に使徒の身体の正面に在った。全周を覆うことができないからだろう。裏を返せば、真下からなら魔法は通る。僕は最初からずっと正面と背後から同時に攻撃することだけを狙っていた。岩石魔法は使徒の意識を正面に縫い止めるためのブラフ、本命は初手の土の槍《アースランス》。

3
4
4

魔法を失敗……？

するわけないだろ。

僕は追撃の詠唱を開始する。「〃土―七の法―巨大にして加速した一つ―〃」

次の使徒の手は絞られる。

使徒は、確実に、自分の行動を封じている槍を破壊しようとするはずだ。

「——動け、『信仰の盾』」

読み通り。

素早い軟体動物のように動いた純白の膜が、戒めの槍を破壊する。接触した瞬間に魔法を崩壊させる『盾』の効果に僕は戦慄する——が、僕個人の動揺は状況に関係ない。

使徒は正面を守っていた神秘の膜を拘束を解除するために使った。使ってしまった。

当然、使徒の真正面はがら空きになる。

「〃―今―眼前に〃」

単位《ユニット》魔法は『土の七番《ストーンショット》』。岩塊を射出する土属性の中量攻撃魔法、六マナ。

『巨大なる』に四マナ、威力を上げるための『加速』に三マナ。

発動時間指定『今』、二マナ。発動位置指定『眼前に』、二マナ。

「〃ゆえに対価は　十七〃！」

「くそ——」

ばごん。自動販売機が缶を吐き出すときの音を数百倍に増幅したかのような大音量とともに、僕の身長を上回る大きさの岩塊が地面から撃ち出された。防御膜を一時的に失った使徒は——それを真正面から受けた。

「ご……っ!」

肉に固体が叩きつけられる容赦のない鈍い音。弾け飛んでいく法衣。

吹き飛べ。吹っ飛べよ。トラックに突っ込まれるような衝撃だ。再び距離は三十メートルくらいになるはずだ。距離さえあれば、僕は何発でも魔法を放てる。詠唱の時間を手に入れることが、できる——

「…………な」

僕は絶句した。

「——やるな、高橋。見直したぞ」

両腕をだらりと垂らし、法衣を血で汚しながら、使徒は立っていた。

いいいいいいい逆さまで、宙に、立っていいた。

まるでそこに地面があるかのように、一切の根拠も理由もなく、使徒の両足は宙を掴んでいた。

茶色の靴がわずかに純白の光を纏っている。『聖別の靴』か。

くそっ。聞いてない。もし空に立つことができるのなら、数メートルも吹き飛ばすことだってできないのは道理だ。吹き飛ばして距離を稼ごうとした僕の目論見が潰える。

事実として攻撃に詠唱が必要な魔法使いの弱点は至近距離だ。

がらがら……と積み木が崩壊していく音を僕は幻聴する。

この距離は――マズい。

「…………〝土―七の法―巨大にして加速した一つ―今―眼前に――〟」

宙に立つ使徒と僕の距離は十五メートル。

「人の話を聞かないのも相変わらずか。不愉快な男だ」

「〝ゆえに対価は〟」

「『聖女の瞳』」

『瞳』は――矢！

咄嗟に僕は身体をひねった。そうしなかったら心臓に当たっていたのかもしれない。正体は細い純白の光の筋だった。レーザー光線のようなそれが一瞬で僕の右肩を貫いている。

「ぐぅ――――ッ！」

僕は崩れ落ちる。灼熱の火ごてが今もそこに突き刺さったままであるかのような痛みが襲う。

「〝……十七〟！」

僕の放った魔法はさきほどと同じ岩石魔法。だが、使徒は人間離れしたスピードで宙を走り、岩塊の砲撃を回避する。あのスピードは脅威だ。追い詰められない……!?

「正直に言えば動揺した。だが、やはりお前はその程度だ。『暁』と違って属性も一つだけのようだし、戦いにも慣れていない。――さあ、死んでくれ」

ぐんっ、と空中を足場にした使徒が一気にこちらに走ってくる。

弾丸のようなスピードだ。

「『奇跡の剣』」

小剣が、純白の刃をまとう。刃の長さは使徒の身長の倍もあるだろう。

「〃火―十の法―待機―眼前に　ゆえに対価は十七〃」

僕は使徒の青い瞳を見る。精悍《せいかん》な顔立ちに埋め込まれた一対のサファイアだった。だが、その底にはゲームを楽しんでいるかのような気楽さと、愉悦《ゆえつ》と、じっとりとした仄暗《ほのぐら》い感情がぎちぎちと密集していた。

一瞬で、使徒は僕の目の前に居る。

重さを感じさせない速度で奇跡の剣が振り下ろされた。

瞬きの時間も、無かった。

「――――は？」

結論としては、右斜め前に一歩。

僕はその剣を躱《かわ》している。

「〃火―十の法―待機―眼前に　ゆえに対価は十七〃」

「上手く避けたな」

ごう、と横凪ぎに振るわれた追撃の剣を、地面に這いつくばってさらに躱す。僕の背後で、ばぁん、と土の壁が蒸発させられる。その音を聞きながら、小さな身体の僕は使徒の脇をすり抜け、その背後に回った。

「ちょこまかと……！」

「〝火―十の法―待機―眼前に　ゆえに対価は十七〟」

振り向きざまに使徒は剣を振るう。それも、僕の身体を捉えることはできない。

たしかに派手な剣だ。背筋が凍えるほどの、すさまじい破壊力だ。

――でも、それだけだった。

「なぜだ……!?」

「〝火―十の法―待機―眼前に　ゆえに対価は十七〟」

腕の動き出しを見ただけで、僕には剣の軌跡が読める。鈴木が僕に当てようと必死になるにつれて、その動きはかえって単調になり、躱すのは簡単になる。ゲルフの風魔法の抉るような軌跡や、木の実運びを邪魔する巨大昆虫の執拗さに比べれば、笑えるほどに大雑把な攻撃だった。光刃が地面を切り裂き、土煙が次々に舞い上がっていく。僕はその合間を身体の小ささと敏捷性を活かしてすり抜ける。時間を稼ぎ、詠唱を積み重ねる。

「〝火―十の法―待機―眼前に　ゆえに対価は十七〟」

これで、七発目。

「なぜ当たらない!?」

鈴木はようやく自分が足を止めていることに気付いたのか、急速に僕から距離をとった。『聖別の靴』の加速によって、僕が追いつけない速度で十メートルほど離される。鈴木は剣を腰だめに構えた。次は突撃しつつ切り払うつもりらしい。さすがにこれを避けることはできないだろう。

「『なぜ』、だって?」

僕はきっと、ゲルフとよく似た、皮肉っぽい笑みを浮かべているに違いない。

「決まってるじゃないか。もしかして分かんない？」

「なに……？」

「君が、才能しかない、間抜けだからだよ」

瞬間、使徒の輪郭がぶれた。そのくらいに圧倒的な加速だった。

瞬きの間に僕は切り捨てられる。

――ここだ。


「〝待機解除〟」

単位魔法《ユニット》は『火の十番《イラプション》』。ガス爆発のような現象を引き起こす、火属性屈指の高火力魔法、十二マナ。

発動時間指定『待機』に三マナ、発動位置指定に二マナ。

合計十七マナ。――戦場に蓄積し続けたその魔法は、全部で七発。

――認識が粉々に引き裂かれるような破壊が、僕の目の前で使徒を押し包んだ。

急激に空気が膨れ上がり、その爆発が七つ、無理やり重ね合わされる。僕が持っている単位魔法《ユニット》の知識で最大の火力を誇る選択肢だった。咄嗟に『信仰の盾』を展開しても、全方位からの爆圧が肉体を押し潰すはずだ。

その代償として――真正面から固体のような風が僕に叩きつけられた。右腕がちぎれ、脇腹が裂けたのではないかと錯覚する。そのくらいの痛み。半分意識を飛ばしながら、僕の身体は宙を飛んだ。後ろへ――つまり、転移座の方向へ。

「タカハ！」

ばさり、と僕の身体は受け止められた。黒いローブが僕の視界をはためく。

「……ッ」

僕は息を呑む。——視界の中央、使徒がゆっくりと立ち上がった。薄く広がった『盾』がゆっくりと光になってかき消えていく。白い法衣がかすかな光を放っていた。あの法衣にもなにか仕掛けがあったのかもしれない。額からわずかに血を流す使徒が、ぎらついた視線を僕に向ける。

僕の足元から粉雪のような光が巻き上がったのは、そのときだった。

マナを込めていた転移座がついに起動したのだ。

実際に身体が転移するまでにあと五秒程度。

いいいいいいい、五秒もあれば十分だ。

「逃がすものかよ！」

使徒が僕とゲルフを睨みつける。使徒にはごく短い文節を唱えるだけで行使できる神秘の力がある。『剣』は間に合わないが、『瞳』ならまだ魔法使いたちに攻撃できる。

「——今じゃ。放て」

淡々と命じたのは——ゲルフだった。

「『聖女の瞳』！ ——ぐうううあああああッ!!」

爆炎、雷撃、水球、爆炎に次ぐ、さらなる爆炎。

滅多打ちだった。

この場にいる魔法使いは僕だけじゃない。暁の大魔法使いの名前のもとに生き延びるための戦いを続けていた数十人の魔法使いたちがいる。彼らはマナを注入する作業を終え、ずっと魔法を『待機』させていたのだ。

影像のような男が破壊の海の底に沈む。空へ走っていく純白の光の矢はまるで悲鳴だ。僕の視界に映るそれらはテーマのあるオブジェのようだった。

だが、――その中心に立つ影像はまだ動いた。

「あれで動けるのか……ッ！」とゲルフが叫ぶ。

防御の膜『信仰の盾』が機敏な軟体生物のように爆炎と爆煙を吹き散らかす。戒めを解かれた使徒は、血反吐を吐き出しながらも両足で立ち、ギラついた青の視線を僕に向けた。

「高橋、逃げるのかよ……！　ここで……ッ!!」

「高橋がだれか知らないけどさ、もちろん逃げるよ。当たり前でしょ？　なんのために僕がここに来たと思ってるの？」

実際――これ以上の戦闘は不利だ。それほどに敵の性能は高い。

「臆病者がッ！　戦え！」

「はっ。その臆病者にやり込められたのはどこのどいつ？　君は結局、敵兵の大集団を取り逃がして、『暁の大魔法使い』も殺せないんだ。わお、大失態だね、ミシアの使徒さん？」

「ふっははははは！」とゲルフが笑う。

「『神罰の光』！」

使徒が別の神秘を解き放った。次第に形成されていくのは空に伸びる巨大な純白の柱だった。それは重さを持たない圧倒的な速さで僕らに振り下ろされる。光の柱が僕らを焼きつくす――

「じゃあね」

寸前で、ぐるんと世界が反転した。僕の表が裏になって、外が中になる。

もう一度、反転した。

――あたりは夜だった。

でも明るい。いくつものかがり火が焚かれていたからだ。僕は呆然と周囲を見渡す。翼を広げた鷹のようなムーンホーク城と、二つの月が、僕を見下ろしていた。

ムーンホーク領都の正門前。

僕は隣に立っているゲルフを見上げた。ゲルフの黒い瞳が僕を見つめ返す。

「…………ふっ」

「…………くっ」

きっと。

どっちが先に笑った、と後で喧嘩するのだろう。

「はははははははっ！」

「はっはっはっはっは！」

僕たちはまるで幼なじみのように、戦友のように、そして、親子のように、心の底から笑う。

「帰ってきたぞおおおお！」

「うおおおおおおお！」

「いやっほうううッ！」

周囲の魔法奴隷たちもそれに続く。

二つの月にまで届きそうな熱気が、僕たちを包んでいた。

エピローグ：この世界の景色。

少し間の抜けた声で、僕は「算数？」と言った。

「うん。教えてほしいの。算数」

僕の隣に屈んだラフィアがいつかのように両手を合わせて僕を見ていた。

僕はテントを支える木の杭を地面に打ち込みながら答える。

「でも、どの分野？　足し算も掛け算もできるようになったよね？」

「あのね、タカハやマルムが徴税のお手伝いのときに使ってる……」

「あ、割合？」

ぴょこり、とラフィアの耳が起き上がった。「たぶんそう！　『十七分の』ってやつ」

割合か……さて、算数が苦手なラフィアにどう教えたものか。

「分かった。今度、問題を作っておくよ」

「ありがとう！　タカハ！」

「食事にするぞー！」と遠くから僕たちにしゃがれた声がかけられた。

たき火の方を見ると、まるで大きな生き物の影のような黒ローブが、鍋をかき混ぜている。さっき仕留めた獣の肉を煮込んだ贅沢な一品だった。煮込まれている茶色のスープはつやつやとしていて、獣の肉の匂いがした。

ゆっくりと日が落ちていく野営地の中を歩いて、僕はたき火のそばに座り込んだ。

「すごーい！　おいしそう！」

「当たり前じゃろう」

「おとーさん、もしかしてお料理、上達した？」

「はあっはっはっはっは——ッ！」

「うるさいな。笑い声がでかいんだよ」

「なんじゃと？　いい気分に水を差しおって」

「だいたいあのときもそうじゃないか。この前の招集から帰ってきたとき。ゲルフの声が大きかったから怒られたんだろ？」

「馬鹿を言うな。あのときは、タカハが先に笑い始めたじゃろうが」

僕は肩をすくめる。「あーもー歳だね。歳だよ歳。若者の記憶力と老人の記憶力、比べるまでもない。僕はそのときかがり火が近くに何個あったかまで覚えてるんだよ？」

「お前は『老人をいたわる』ということを覚えるべきじゃ。あのとき、わしが先に笑ったとしたら、みながどう思うか。お前が先に笑ったという事実なら、みながどう思うか。比べるまでもあるまい」

「だって……なんか騎士団長に怒られたし……」

「ロイダートは怒ってなどおらぬよ。あいつは生真面目すぎるのじゃ」

「怖かったなあ」

「わしもなあ、……あれは怖かった」

僕は堪え切れずに吹き出した。

ゲルフは会心の一撃を決めたとばかりに、ニヤリと笑っている。

「このスープ、おいしいよ！　おとーさん！」

「おお。ラフィアはいい子じゃなあ。いっぱいお食べ。……じゃが、師に口ごたえばかりするどこぞのタカハにはやらぬ」

ゲルフは子どものように鍋をロープで抱えこんだ。

「ちょっと待って。その肉のほとんど僕が運んだんだからね」

「料理したのはわしじゃ」

「あははっ！　二人ともおかしい！」と鈴を転がしたような笑い声が僕とゲルフの口論を止めた。

僕とゲルフは互いを見て、どちらからともなく苦笑した。

瞬きをする。

幸せそうに笑うラフィアの向こうに、ゆっくりとこの世界の二つの月が上る。老魔法使いが穏やかに微笑み、兎の耳を持つ少女の横顔がたき火に照らされている。魔法の訓練を続けている僕は、獣を狩って、その肉を煮込んだスープをこれから食べる。

異世界の景色はなぜかとても眩しく見えた。

何かが変わったんだと思う。たぶん、数字では読み解けないなにかが。

「タカハ、妙な表情をしておるぞ」

ゲルフは僕の弱点を攻撃して喜んでいるようだ。

「黙ってよ、父さん」

「うお……」

ゲルフは驚いたみたいに体をよじる。

「うむ……あれじゃな。わしは、それに慣れておらぬ……」

「『それ』……?」

「いや、なんでもない」

僕は会話の流れを振り返って、言葉の順序を思い出した。

「父さん?」

「うお……」

「父さん」

僕はいつからこう呼んでいたのだろう。

ああ。そうか。

……とても最近からだったのだ。

「楽しいね! 修行!」とラフィアが言った。

「もう少し緊張感がほしいのじゃがな」とゲルフが苦笑を返す。

……そっか。

ゲルフに拾われたあのときから、僕たちは家族だったのかもしれない。

もしくは、ゲルフが騎士を前に親子の関係を宣言したあのときから。

「む？　どうした、タカハ？　食べぬのか？」

「わたしが食べちゃうよー！」

でも。

すごく曖昧で、理由なんてなくて、つまり、なんとなくなんだけれど。

この瞬間から僕たちは家族になったんだ、って。

びっくりするほどにおいしい料理を食べながら、僕は思った。

そしてそれは多分、幼少期の僕がこの世界で手に入れた、一番大きなものだった。

登場人物紹介

Decipher by Arithmetic the Magic of Another World

鈴木

「俺を楽しませてみせろよ——！」

- 隣国『鉄器の国』に転生したもう一人の転生人、鈴木。
- 前世で負けを知らない天才だったことに加え、転生の際にも圧倒的な才能を授かったためか、冷酷な性格をしている。
- 別名は『ミシアの使徒』。若くしてすでに大司教の座にあり、『奇跡の二重行使』という圧倒的な力でタカハの前に立ちふさがる。
- 弱点は甘い食べ物に目がないこと。

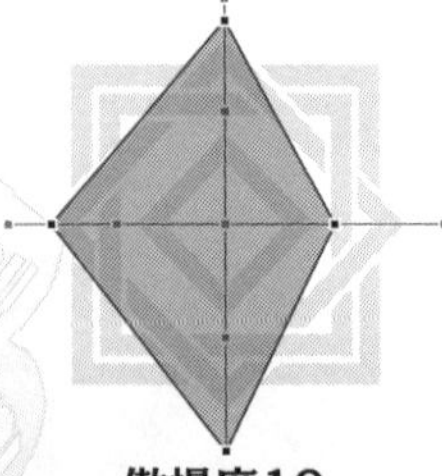

パラメータ表

……ノーコメントで。

登場人物紹介

Decipher by Arithmetic the Magic of Another World

「ほらね。想像通り。家族を守るなんて簡単だったでしょ？」

タカハ

- 事故に巻き込まれ、異世界に転生することになった主人公。
- すべての言語を自由に操る『対訳』の力を転生に際して授かっており、魔法への適性は圧倒的の一言。
- 出会ったすべての人間にパラメータを設定し、評価や対応を決める……という、すさまじく特殊な性格をしているのだが、本人に自覚はないようだ。
- 最近ラフィアに寝相が悪いと指摘され、こっそり気にしている。

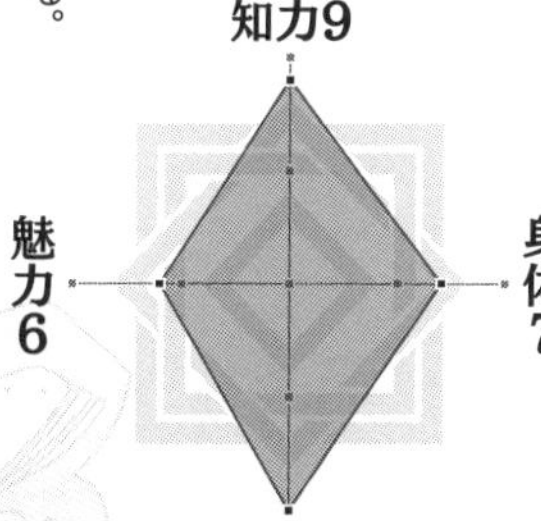

パラメータ表

笑うと顔がかわいいってみんな言ってた!

魔法もわし仕込みでなかなかのものじゃ。

狩猟団のお手伝いをしてるから体力もあるよね。

はぁ……スペックは優れておるのじゃがな。スペックは。

「さっきなにか言ってた?」と
姉さんは僕に
微笑んだ。

「……っ！」

樽をかつぎ上げたところで僕は小さな悲鳴を上げた。手のひらに弾けた雷のような痛みに、思わず樽を取り落としてしまう。どうやらゲルフにもらった革の手袋が破れてしまったようだ。手のひらの側に大穴が開いて、ささくれの上を滑った僕の手のひらにはひどい擦り傷ができていた。じくじく痛む。

「参ったな……」

僕の吐息は白く輝きながら冷たい風に吹き散らかされていった。

――季節は少し進んで、今は冬。

狩猟団は休みに入り、ピータ村の村人たちは家にこもるようにして日々を過ごす。天候に恵まれた今年はたくわえがたっぷりあった。だから食料は問題ないのだけれど、毎日の水はそうはいかない。僕は深い雪をしゃくしゃくと踏みしめ、小川まで三人分の水汲みに来ていた。

「とりあえず……二回に分ければなんとかなるか」

ケガをしていない方の手で樽をかつぎ上げる。

冷たい風が強く吹いてきて、僕は大きなくしゃみをした。

「タカハ！　その手！」

家に戻った次の瞬間にはラフィアにバレてしまった。

目をまん丸くしたラフィアが土間に下りて、とててっ、と駆け寄ってくる。

「違うんだ、ラフィア。これは——」

「いいから見せて！」

ラフィアは僕の手を掴むと、居間のテーブルまで僕を連行した。手のひらが燭台の明かりのもとにさらされる。

「ひどい。それに……タカハ、しもやけもしてるよ？」

ああ、なるほど。これがしもやけってやつか。夜になると指先が痛痒くなるからおかしいなと思っていたのだけれど、眠れないほどでもなかったから無視していた。そういえば、ゲルフにもらった手袋は指先の部分が薄かったから、そのせいかな……。

「ほんとにいたくないの？」

「もちろん。痛くないよ。ちょっとすりむいただけだからね」

「そうはみえないけど……」

ラフィアは白い布を僕の手のひらにそっと触れさせ——

「いっつ……！」

「もう。やっぱり『ちょっとすりむいただけ』じゃないでしょ？」

ラフィアは頬を膨らませている。

「いや、こすっただけだ。だからちょっとだって——っくしゅん！」

堪え切れなくて僕は盛大にくしゃみをした。なんだろ、鼻がやけにむずむずする。

首をかしげた――――そのときだった。

「…………へ？」

「うごかないで」

ラフィアが布を僕の顔に当てて鼻をぬぐっている。動かないでと言われても、鼻を優しくつままれているようなものだから動きようがない。こ、これじゃあ僕が赤ちゃんみたいじゃないか。

「だっ、大丈夫だから！」

その手を払いのけようとした頃には、ラフィアは立ち上がっていた。

「おばあちゃんに薬草をもらってくるね。昼ご飯の分は足りるから水汲みもだいじょうぶ。タカハは暖かくして待ってて」

ずるずると鼻を鳴らしている僕の横を通り抜け、ラフィアは毛皮の防寒着を着込むと、扉を出て行ってしまった。

「ええと……」

取り残された僕はしばらく扉を眺める。

ぱち、ぱち、と暖炉から穏やかな音が聞こえてきた。家の中は暖かくて、いい匂いがする。眠ってしまいそうだ。

ぼんやりと、僕は考える。

ラフィアは最近変わった。この冬で十歳になるラフィアは数年前までの彼女が別人のようだ。間近で観察してきた僕だからこそその変化の大きさには驚かざるをえない。女の子の方が精神的な成長が早いというのはどうやら間違いじゃないみたいだ。

「………そうは言われてもさ」

だって、男子代表の僕は、ラフィアの言いつけに背いて水汲みに行こうとしているのだから。

「手をすりむいたくらいで」

布を手のひらに巻き付け、その上から手袋をかぶせてみた。痛みはあるけれど、樽を運ぶ程度なら問題はなさそうだ。

「僕を止められると思うなよ」

世界を相手によく分からない対抗心を燃やした僕は、寒風吹きすさぶピータ村の坂道へ意気揚々と飛び出し、水汲みを完了させて、ラフィアにちょっぴりと怒られた後、昼寝をして——

その日の夕方、盛大に熱を出したのだった。

「……うぅ……」

毛布に何重にもくるまってるのに、ガクガク体が震える。

風邪で寝込むなんて何年ぶりだろうと朦朧とした意識で考える。僕が小学生のとき以来だから、本当に二十年くらいぶりかもしれない。前世では体が冷えきるまで無理をすることなんてなかったから、まあ当然なのかもしれないけれど。

「タカハ」

僕のおでこに濡れた布を差し込みながら、ラフィアが心配そうに僕の顔を見ている。その声はタぁぁカぁぁハぁ……と歪んで聞こえた。

「すごい熱だよ。だいじょうぶ？」

「もちろん大丈夫だよ。ちょっと風邪をひいただけだから」

ダメだ。

言ったそばから声が頭の中にがんがん響く。

「…………ていうのは嘘です。動けない。だるい。死にそう」

「ふふっ」

「迷惑かけてごめん」

「ううん」

ラフィアは優しい微笑を浮かべた。

「今日はおとーさんが帰ってくるのおそいから、がんばって行ってくれたんでしょう？」

「う……」

ラフィア……。最近ますます勘が鋭くなっている。ぴたりと思惑を言い当てられると立場がない。

ふいに立ち上がって一階に下りていったラフィアは、小さなテーブルと『お手伝い』に使う木の実のカゴを持って戻ってきた。

「ラフィア……？」

「わたし、こっちでお手伝いする」

「いや……それ、ダメだよ。うつしちゃうから……」

「……」

布が絞られる音と、たらいに水が跳ね返る音が聞こえた。おでこの布が取り替えられる。濡れた布のひんやりとした感触が心地いい。

「さっきなにか言ってた？」

とラフィアが微笑む。……完敗です。お姉さま。

「聞こえなかったんだけど」

「……なにも、言ってないです」

ラフィアはもう一度、僕に微笑みかけた。

寒気は夜に向かうにつれてどんどんと増し、意識は色とりどりのステンドグラスのように分断されて、関節の痛みや鼻づまりのせいで何度も目が醒めた。

ゲルフが家に戻ってきたのは、日がとっぷりと暮れてからだった。

「風邪じゃと？」

ゲルフは肩をすくめた。

「妙な気分じゃ。お前は病気などかからぬと思っておったからな」

どういう評価なんだ……。

「おとーさん、タカハがかわいそうだよ」

「うむ。分かっておる。分かっておるが……タカハがこう、家の中で静かに寝込んでおると、なんというか、張り合いがないな」

「病人に言う……!?」と思わず叫んでしまい、僕は咳込んだ。ラフィアが背中を撫でてくれる。

「それよりも、怪我をしたのじゃろう？　手を見せてみよ。悪いものが入り込んで熱が出ているのなら、少々マズい」

ゲルフは僕の手のひらの包帯をほどくと、しばらくじっと眺め、安心したように一息をついた。

「ふむ。手の傷とは関係ないようじゃな」

手の怪我なんて正直その存在を忘れていた。そのくらいに全身がだるい。

「案ずるな。単なる風邪とみて間違いない。食欲はあるか？」

「……ない」

「水は飲んだ方がよいぞ」

「はい、タカハ」

ラフィアが木のコップを差し出してくる。その手を借りて、僕は震える体を起こした。うっわ、やばいこれ。重力の方向がめちゃくちゃだ。

冷たい水をなんとか飲み干し、そのまま僕は布団に倒れ込んだ。

「うむ……」

混濁していく意識の中でゲルフの声が聞こえた気がした。

「しもやけとは……ちとボロすぎたな……。気付かなんだ……」

夜は長かった。苦しいし、眠れないし、目を開いてじいっと天井を見ていたはず……だったのに、気付いたときには翌朝になっていた。

「具合はどうじゃ？」

ゲルフが僕の顔をのぞき込んできた。だいぶマシになったけれど、暴力みたいな寒気は継続している。今日は首のあたりが痛い。だから、僕は顔を背けた。

「……大丈夫」

「お前に訊くだけ無駄であったか」

ゲルフは僕の額に手を当てながら苦笑した。「熱もまだあるようじゃな。わしは狩猟団の仕事で今日も出ねばならぬ。手に入れねばならぬものもあるしな」

「手に、入れ……？」

「こっちのことじゃ。お前はゆっくり休むといい」

猛烈な頭痛が襲ってきて、僕は頷き返すので精一杯になる。

「では、いってくる」

「……いってらっしゃい」

狩猟用の道具できっちりと武装をしたゲルフが、年齢を感じさせない足取りで階段を下りていく。

その寸前、黒い小さな瞳がちらりとこちらを見た。

僕は再び長く苦しいまどろみに引きずり込まれた。

「……うぅ……」

それにしても、ひどい風邪をひいたものだ。

冬のピータ村は静かだった。

外では規則正しい数列のように雪が積もっていく。こういうときはほら、時計の秒針の音がやけにゆっくり聞こえて……なんて考えて、ここが異世界だったことを思い出す。時計なんてあるわけない。

ただひたすらに無音だ。明るさも全然変わらない。魔法の復習をしようと思うけれど頭が回らない。することがない。時間の歩みが遅い。すべてが静止しているみたいに。

ああ、そうか。

ピータ村が静かなんじゃなくて、この家が静かなんだ。

僕一人だから。

――なんて、考えていたから。

「ただいまー！」

階下から響いた元気な声に僕は不思議な気持ちになった。彼女が慌てて布の靴を脱ぎ、とててっ、と階段を駆け上がってくる足音も、僕の心を分解しにかかってくる。

「タカハ！　ごめんね！」

もこもこした防寒着姿のラフィアはうさぎの大福みたいだった。思わず僕の頬は緩む。走ってきたのだろう、はぁはぁ、と息を弾ませながら、ラフィアが言葉を紡ぐ。

「ソフィばあちゃんのお手伝いに行ってたの。機織りの道具が壊れちゃって、いい機会だからって私とマルムで修理をすることになって……ほんと無茶だよね」

「実践主義だね、ばあちゃん」

「木から部品を削り出すんだけどね、ほんと大変だったんだよ」

テキパキと僕の毛布と額の布の位置を整えるラフィア。

「ご飯作るね。ちょっと待ってて」

「ありがとう、姉さん」

ラフィアは体をぴくり、と止めて、僕の頭を撫でた。

「いちいち言わなくていいの」

ちらり、と口元からこぼれた白い歯が網膜に焼き付いて、気がついたときには、ラフィアは二階に居なかった。しんしんと無音だった家の中に薪の燃える音が立ち上がり、鍋の揺れる音が伴奏になって、ラフィアの鼻歌がくぐもって聞こえてくる。いつまでも聞いていたくなるような、穏やかで、優しい音色だった。

体感時間としてはすぐだった気がする。お盆を持ってラフィアが戻ってきた。でき立てのお粥《かゆ》の湯気がお盆から立ち上る。イエナの実の潰し餅をお粥にしたのだろう。

ラフィアは僕の横に座る。

お盆を置く。

湯気が立ち上るお粥に匙《さじ》を入れる。

そして。

「はい、あーん」

…………て。

「ちょ、ちょっと待って」

匙はラフィアが持っていて、こちらに向けられている。しかも「ふーふー」のおまけ付きだった。

「あ……。食べられない？」

「そ、そういうんじゃなくてさ……」

数秒前に展開を予測できなかった自分を呪った。

「食べないと良くならないよ？」

「う」

「長引くよ？」

正論だ。反論の余地はない。実際、自力なら二口くらいしか食べられないだろう。

……ええい。

僕は目の前にある匙をぱくっとくわえた。お粥はほのかな甘みとそれを引き立てる塩気のおかげで、感動的なまでに食べやすい。

「どう？」

「……おいしい」

満足げに笑ったラフィアは「ふー、ふー」と次の一匙を冷ましてくれている。

「ほんとに……おいしい」

「えっ」

「風邪をひいてるのに、こんなに食べやすいんだから」

「そ、そんな……」

照れたように頬を赤くしたラフィアは、器に視線を落としたまま一匙すくうと、僕の口にそれを突っ込んだ。

「も？」

「わたしなんてまだまだだよ。おばあちゃんのレシピをもっと覚えたいし――」

耳をぱたぱた揺らしながら、さらに一匙すくい、僕の口へ。

「もが」

や、やばい。ラフィア、僕のことを見てない……と考えているうちに追加の一匙が放り込まれる。

「お肉の解体も覚えたいし――」

「もが」

「香草の組み合わせとか――」

「もがが」

「薬草の料理も――」

「もっ、もご」

「だから、もっと上手になって、それで、それでね――」

「も、もも、…………きゅー」

「――あっ！」

「ごちそう……さま……でした……」

息つく間もなくお粥を口に放り込まれ続けた僕は、体力を使い果たし、布団に倒れこんだ。

「いやあああ――っ！　タカハあああ――っ！」


「戻ったぞ」としゃがれた声と、扉が開く音が階下から聞こえた。狩猟用の武具がじゃらじゃらと金属の音を響かせ、階段がきしむ。階段を上がってきたゲルフは、ちらりと僕を見た後すぐに口を開いた。

「ときにラフィア」

「なに？」

「手袋を作れるか？」

「ええと……」ラフィアは小さく首をかしげた後、頷く。「おばあちゃんに教わりながらならできると思うけど。どうして？」

「む……」

ゲルフは毛皮の塊をラフィアに手渡したところで表情を固めて、いたずらが見つかった小学生のように顔を逸らす。そして、ぽりぽりと頬をかいた。

「なに、狩猟団の訓練でな、たまたま仕留めた獣の毛皮がたまたま余ったのじゃよ。たまたま狩猟団の誰も受け取らぬ様子じゃから、仕方なしにわしがもらってきた。そういう顛末じゃな」

「……」

「……」

「加工もせずに腐らせても仕方があるまい？　この毛皮で手袋を作ってほしいと思ってな。……お？　おお。そういえば、ちょうどタカハの手袋が破れたのではなかったか。うむ。そうじゃな。これでタカハの手袋を作ってあげなさい」

「………………ぷっ」「くっ」

僕とラフィアが小さく吹き出し、

「なっ、なにを笑っておる！」

ゲルフが顔を真っ赤にして怒り始める。

「おとーさん、ありがとう！」

「だからなにがじゃ！」

「ぜんぶ！」

「いいか、ラフィア、勘違いするでないぞ。わしは深い洞察力によってじゃな――」

「ふふふふっ」

「人の話を聞きなさい！」

「きゃー！　おとーさんが怒った!!」

じゃれあいのような二人の口喧嘩を聞きながら、僕はゆっくりと毛布に身を沈め、目を閉じた。

「……うん」

今日は、よく眠れそうだった。

あとがき

はじめましての方は、はじめまして。ウェブをご覧頂いているみなさん、いつもありがとうございます。扇屋悠と申します。

簡単に自己紹介をさせていただくと、本を買うとき、あとがきを真っ先に開く程度に変わった人間、ということになります。インターネットによると、全体の十パーセント程度だそうですよ。少数派ですね。その経験がまさかこのような形で活きるとは思っていませんでした。あとがきを大量に読み込んできた作者の実に平凡なあとがき、どうぞ最後までお付き合いください。

本作品は僕が初めて小説を書くつもりで書いた小説です。もちろん僕にもノートにたくさんの横文字を書きつけたくなる中学時代や二次創作にはまった高校時代はありましたが、あれらを強引にノーカウントとさせていただくと、やはり本作が初めての小説ということになりそうです。一昨年の九月、スマートフォンのメモアプリに書き溜めた数話分のテキストをウェブ上のフォームにコピーし、『投稿する』のボタンに指をかけたまま冷や汗を垂らすこと十七秒、「……ま、どうせインターネットの藻屑《もくず》になるんだし、一作目だし、気楽にいくか」と投稿した作品が『算数で読み解く異世界魔法』でした。そのため、投稿したばかりのころは右も左も分からず、たくさんの読者の方にアドバイスやご指摘をいただいて、何度かの改稿を経て、現在の形になっています。サイトの使い方、文章作法、誤字脱字、設定の矛盾など、丁寧に教えてくださったたくさんの方にはただただ感謝の気持ちでいっぱいです。書籍版は独自の展開となっていく予定ですが、ウェブ版はウェブ版として必ず完結させますので、今後ともどうかお付き合いいただければ幸いです。

今回の本が完成するまでにも多くの方々にお世話になりました。とても大きな改稿作業に付き合ってくださった担当編集様。キャラクターの息づかいを感じられるようなすばらしいイラストを描いてくださったえいひ先生。いろいろな予定を僕に合わせてくれた友人たち。本当にありがとうございました。今後ともよろしくお願いします。

最後に、この本をお手にとって下さったあなたに、心から感謝を。

平成二十九年一月　　　扇屋悠

TOブックス
大好きなお姉ちゃん《ラフィア》を
取り戻せ！
べ、別に好きじゃないし！(汗)
ラフィアは嫁に出さん！
……え、違う？